FÉLIX LECLERC

Né à La Tuque, en Haute-Mauricie, en 1914, Félix Leclerc a d'abord été annonceur dans une station radiophonique de Québec, puis de Trois-Rivières, après des études au Juniorat du Sacré-Cœur et à l'Université d'Ottawa. Arrivé à Montréal, en 1939, il interprète sa première chanson sur les ondes de Radio-Canada où il se fait aussi connaître comme comédien. Il obtient un grand succès littéraire avec sa trilogie *Adagio*, *Allegro* et *Andante*, de même qu'avec ses pièces de théâtre. En 1950, il se produit sur la scène de l'ABC de Paris et est rapidement consacré vedette internationale. Lauréat du Grand Prix du disque de l'Académie Charles-Cros à trois reprises, il obtient de nombreuses distinctions au cours de sa prestigieuse carrière. Son prénom est associé à un trophée, le Félix, remis à l'occasion du gala annuel de l'Association de l'industrie du disque du Québec. Il meurt le 8 août 1988, dans l'Île d'Orléans, où il s'était réfugié dans les années 1960.

PIEDS NUS DANS L'AUBE

Premier roman de Félix Leclerc, *Pieds nus dans l'aube* rend compte de la vision du monde de l'écrivain. C'est un roman de souvenirs qui se déroule dans un monde fermé, La Tuque, le village natal de Félix, rappelant la société canadienne-française d'avant la Deuxième Guerre mondiale, repliée sur elle-même, dominée par les riches Anglais que le narrateur ne semble pas porter beaucoup dans son cœur. Cette société, l'auteur la présente comme livrée à elle-même, à la misère et à la pauvreté ; c'était avant le bien-être social, les allocations familiales, l'instruction obligatoire... Par la voix de son narrateur enfant, Félix revit une époque heureuse de sa vie, époque qu'il croyait sans doute alors éternelle. Il insiste sur le partage, la générosité, la fraternité humaine. On trouve de belles leçons, encore toute d'actualité, dans *Pieds nus dans l'aube*, un roman riche d'enseignement qui contient déjà les thèmes majeurs de son œuvre qu'il développera par la suite : l'enfance, la nature, l'amitié, l'amour, le bonheur et la mort.

PIEDS NUS DANS L'AUBE

Félix Leclerc

Pieds nus dans l'aube

Préface de Jean-Paul Filion

BIBLIOTHÈQUE QUÉBÉCOISE

BQ BIBLIOTHÈQUE QUÉBÉCOISE est une société d'édition administrée conjointement par les Éditions Fides, les Éditions Hurtubise HMH et Leméac Éditeur. Bibliothèque québécoise remercie le ministère du Patrimoine canadien du soutien qui lui est accordé dans le cadre du Programme d'aide au développement de l'industrie de l'édition. BQ remercie également le Conseil des Arts du Canada et la Société de développement des entreprises culturelles du Québec (SODEC).

Conception graphique : Gianni Caccia
Typographie et montage : Dürer et al. (Montréal)

Données de catalogage avant publication (CANADA)
Leclerc, Félix, 1914-1988
Pieds nus dans l'aube
Éd. originale: Montréal, Fides, 1946.

ISBN-10 2-89406-015-7   ISBN-13 978-2-89406-015-5

1. Titre.
PS8523.E27P5   1997   C843'.54   C89-001876-6
PS9523.E27P5   1997
PQ3919.L42P5   1997

Dépôt légal : 4ᵉ trimestre 1988
Bibliothèque nationale du Québec

IMPRIMÉ AU CANADA EN OCTOBRE 2008

Préface

Marcher à contre-vent. Voyager à contre-courant. Aujourd'hui, ces images me vont d'emblée. Je dois, en effet, pour bien la démêler, remonter la coulée du temps. Jusqu'en 1946. En pleine ville de Montréal, où, arrivant de ma vallée de l'Outaouais, je me suis retrouvé, sautant à pieds joints dans des univers aussi grisants les uns que les autres : la littérature, la musique, la peinture. Des mondes qui me faisaient tous la promesse de sauver à jamais mes misères et mes pauvretés d'enfance vécues à Saint-André-Avellin au temps de la grande crise économique.

Donc, Montréal. Et, par un miracle jamais expliqué, comme le sont d'ailleurs tous les miracles du monde, me voilà inscrit et accepté à l'École des beaux-arts pour quatre ans. Vie étudiante absolument merveilleuse, gratifiante, enrichissante, et tout le reste. Découvrir le langage de la Beauté avec des maîtres comme Pellan, Cosgrove, Jean Simard, Borduas, c'était aussi découvrir la musique avec le jeune prodige Pierre Brabant en récital à l'Ermitage, le théâtre avec Pierre Dagenais, les Compagnons du Père Legault, la Compagnie du Masque de Fernand Doré et Charlotte Boisjoli. Découvrir enfin la chanson avec Édith Piaf et les Compagnons de la chanson au Monument National, et Félix Leclerc à la radio. J'avais d'un coup remplacé toutes les substances de la nature dont je m'étais auparavant nourri à la campagne par des éléments nouveaux que je dévorais à belles dents comme si j'avais eu faim de tout ce qui pouvait grandir et embellir l'homme qui naissait en moi.

Entre une exposition à la librairie Tranquille et un cours magistral sur la naissance de l'école cubiste en France, dans ma chambre de la rue Sherbrooke, je lisais. Un livre, deux livres. Et puis trois, et puis quatre. *Le rouge et le noir* de Stendhal, *Que ma joie demeure* de Giono. *Le survenant* de Germaine Guèvremont et *Bonheur d'occasion* de Gabrielle Roy qui venait de paraître. *Adagio* de Félix Leclerc et, bien sûr, son tout premier roman *Pieds nus dans l'aube* étaient sur le dessus de ma pile de livres. Pour ce dernier, m'étant tombé du ciel comme une bénédiction — j'avais 19 ans, et les paysages de mon enfance étaient tous à l'image de ceux de la Vallée de la Saint-Maurice — ce fut le coup de foudre. La très chaude référence. La poésie offerte semblable à une réponse à toutes les questions, une guérison à tous les maux.

En 1946, dans ma petite chambre d'étudiant de la rue Sherbrooke à cinq piastres par semaine, dans le plus grand secret j'écrivais un journal. Oui, un vrai journal pour tout raconter, tout dire, confesser mes vraies confessions à moi. C'était un grand cahier noir, ressemblant au cahier rouge de mon père où, à Saint-André-Avellin, il écrivait lui aussi un journal pour dire ses vraies confessions à lui quand il avait le cœur trop gros de toutes sortes de choses. Voici donc, en toute simplicité, les pages que j'écrivais dans mon cahier, après avoir lu *Pieds nus dans l'aube*. Ce sont des pages comme une lettre que j'aurais voulu envoyer à Félix Leclerc lui-même, mais que je n'ai jamais osé mettre à la poste.

« Dans ma chambre, seul devant mon mur déprimant avec sa tapisserie beige et bleue, j'écris que votre roman *Pieds nus dans l'aube* vient de m'apporter du large le vent le plus joyeux qui soit. Vous semblez écrire à grands traits, avec le bonheur et la santé de vos trente ans, comme un peintre qui peindrait en chantant la fresque de son enfance. Vos chapitres, vos histoires, vos contes, je les ai lus en frémissant de la même manière que lorsque mon père jouait chez nous, pour moi tout seul, ses airs de violon en tapant des pieds. (J'étais alors un enfant à peu près du même âge que vous dans votre livre…)

J'ai aimé et admiré vos façons sensibles de voir les choses. De parler aux animaux et des gens qui vous entouraient. Vos mordées, commes vous dites si bien, donnent le goût de tomber amoureux de tout ce qui s'appelle la Nature. Vous avez le culte du pur et du beau. Vos rivières, vos champs, vos montages appartiennent, dans tous leurs plis et replis, à un univers sacré que l'homme ne doit jamais salir ni trahir. J'ai relevé des mots et des expressions qui vous définissent en profondeur jusque dans votre âme. En voici la liste : chevreuil de race, mains calleuses, oiseau-cerf-volant, dompteur de loups, pousser les ronces, cueillir les fruitages, voleur du bonheur, être libre comme l'écureuil, chanter comme un enfant de montagne, avoir les yeux dans le Nord, regarder danser le serpent noir de la Saint-Maurice, et il y en a encore beaucoup d'autres.

Aussi, je voudrais vous dire que ce qui m'a le plus frappé et touché dans vos récits, en dehors de la bataille des chiens à la boutique de forge et du chant sauvage du Canton Mayou qui sont dans les deux cas écrits d'une main de très grand conteur, ce qui m'a le plus impressionné donc, c'est l'immense hommage que vous avez su rendre à l'amitié en créant ce personnage inoubliable qu'est Fidor. Dans mon enfance à moi, j'ai eu comme vous un Fidor que j'ai aimé et qui ne m'a jamais quitté : c'est Marcel, mon frère. Un être comme ma doublure, mon bras droit, et qui, toute ma vie, restera collé à ma respiration.

Votre Fidor possède la science des bêtes, de la nature, des étoiles. Sans loi ni école. Toutes ses paroles et ses chants appartiennent à une grande noce avec le monde de la terre. Fidor c'est vous — Marcel c'est moi — tous les deux vous avez donc hérité, c'est là votre richesse, d'un immense talent pour la tendresse, le merveilleux, l'harmonie, la lumière loin des foules et des villes.

Avec le temps, on dirait que les couleurs changent. Quand l'enfant atteint l'âge du « pantalon long », et qu'il découvre dans le milieu de son cœur un beau nom de fille comme Élyse, c'est, pour le lecteur, le dur contact avec le commencement de nouvelles réalités. La souffrance apparaît au bout de l'innocence tel un prix à payer. L'homme est là. J'ai lu avec émotion que les magies du Nord deviennent lentement moins magiques ; qu'en grandissant il faudra accepter de pleurer, de charroyer ses jours en « s'arrachant le cœur pour l'amour de l'amour », comme l'a fait Bérubé quand sa femme s'est noyée. Enfin, accepter aussi de se poser des questions sérieuses de grandes personnes sérieuses. Une noyade, un incendie, un cheval à l'épouvante qui sème la panique, la vie blessée, la mort, on dirait que tout se ligue pour enseigner que le mal de l'âme fait bien partie de la marche de chacun.

En terminant, s'il le permet, je voudrais poser à l'auteur une question importante : « En écrivant sur l'enfant qui vieillit, est-ce que l'écrivain peut dire d'avance si son héros deviendra un homme martyr ou un homme révolutionnaire ? »

Dans mon journal d'étudiant, les pages écrites à Félix Leclerc, comme une lettre jamais envoyée, se terminent ainsi. Par une question, naïve et terrible. Aujourd'hui, après avoir relu *Pieds nus dans l'aube*, j'ai bien le goût de la lui reposer encore, mais avec des mots changés : « Félix, de ta place nouvelle, en 1988, est-ce que tu peux dire à tous les enfants du monde que, pour la vraie quête de soi, c'est par l'amour et l'amitié qu'ils vont le mieux apprendre la force du dépassement en direction d'une Vallée toujours plus au nord que celle de la Saint-Maurice ? Cette question, ton ami Fidor, ou ton frère, le premier, aurait pu te la poser longtemps avant moi, et peut-être encore mieux, même si je leur ressemble terriblement. »

Jean-Paul Filion

Première partie

I

Nous sommes tous nés, frères et sœurs, dans une longue maison de bois à trois étages, une maison bossue et cuite comme un pain de ménage, chaude en dedans et propre comme de la mie.

Coiffée de bardeaux, offrant asile aux grives sous ses pignons, elle ressemblait elle-même à un vieux nid juché dans le silence. De biais avec les vents du nord, admirablement composée avec la nature, on pouvait la prendre aussi, vue du chemin, pour un immense caillou de grève.

C'était en vérité une têtue, buveuse de tempêtes et de crépuscules, décidée à mourir de vieillesse comme les deux ormes, ses voisins.

Elle tournait carrément le dos à la population et à la ville pour ne pas voir le quartier neuf où poussaient de ces petites demeures éclatantes, fragiles comme des champignons. Face à la vallée, boulevard de la fauve Saint-Maurice, notre maison fixait comme en extase la lointaine caravane de monts bleus là-bas, sur lesquels se frappaient des troupeaux de nuages et les vieux engoulevents qui n'avaient pu sauter.

Rouille sur le flanc, noir sur le toit, blanc autour des fenêtres, notre lourd berceau se tenait écrasé sur un gros solage de ciment, rentré dans la terre comme une ancre de

bateau pour bien nous tenir ; car nous étions onze enfants à bord, turbulents et criards, peureux comme des
poussins.

Une grande cheminée de pierres des champs,
robuste, râpeuse, prise dans le mortier lissé à la truelle,
commençait dans la cave près des fournaises ventrues,
par-dessus la petite porte à courants d'air où, en mettant
un miroir, on découvrait les étoiles. Comme un moyeu de
roue, elle passait entre les étages en distribuant des ronds
de chaleur, puis elle débouchait à l'extérieur, raide
comme une sentinelle à panache et fumait, cheveux au
vent, près d'une échelle grise, couchée. L'échelle grise et
la petite porte noire de suie n'étaient pas pour l'usage des
hommes, nous avait-on appris, mais pour un vieillard en
rouge qui, l'hiver, sautait d'un toit à l'autre, derrière ses
rennes harnachés de blanc.

De bas en haut, de haut en bas, notre chez-nous était
habité : par nous au centre, comme dans le cœur d'un
fruit ; dans les bords, par nos parents ; dans la cave et la
tête, par des hommes superbes et muets, coupeurs
d'arbres de leur métier. Sur les murs, les planchers, entre
les poutres, sous l'escalier, près des tapis, dans le creux
des abat-jour, vivaient les lutins, le bonhomme sept-
heures, les fées, les éclats de chant, Lustucru, les échos de
jeux ; dans les veines de la maison, courait la poésie.

Nous avions la chaise pour nous bercer, le banc
pour faire la prière, le canapé pour pleurer, l'escalier à
deux marches pour jouer au train ; aussi, de ces jouets
savants que nous n'osions toucher, telle cette bête à deux
fils, au long bec, sonnerie au front, qui conversait avec les
grandes personnes. Un prélart fleuri devenait un parterre ;
un crochet, c'était l'écrou pour rouler les câbles de nos
bateaux imaginaires ; les escaliers servaient de glissoires ;

les tuyaux le long du mur, de mâts ; et les fauteuils, de scènes où nous apprenions avec les chapeaux, les gants et les paletots des aînés, les grimaces que nous faisons aujourd'hui sans rire.

Le rez-de-chaussée était coupé sur la longueur par un vaste corridor. Quelques chaises à barreaux faisaient cercle dans un coin ; au-dessus, une rangée de crochets en points d'interrogation disparaissaient sous les vêtements des visiteurs ou clients qui venaient consulter papa, le gros commerçant de bois de la vallée. Se touchaient le salon et une chambre pour les étrangers. Le premier, très modeste avec son piano noir, ses rideaux en filet, une bergère bleue, quelques fauteuils vieux style capitonnés de satin, — dont une « berçante » à ressorts, vêtue comme une dame des siècles passés avec des glands au bas de sa robe — ses cadres à bordure dorée, égayait nos vies, comme un dimanche. La chambre de nos parents avait ses portières tirées sur d'impénétrables secrets. Dans la pénombre dormait la commode remplie de draps sentant le camphre, entre lesquels maman cachait des cahiers mystérieux, gardiens de l'heure exacte de notre naissance, des noms de nos parrains et marraines et des événements très intimes de la famille. À gauche du corridor, un fumoir servait à la fois de bureau à mon père et de bibliothèque commune. Une porte débouchait sur la salle à dîner — salle d'étude serait plus exact, car nous ne mangions là qu'une ou deux fois l'an. Dans la chambre à couture, entre la machine à coudre et un immense placard, nous recevait le canapé pour pleurer. Au fond de la maison, sur toute la longueur s'étendait, gaie et chantante, la cuisine avec son poêle en fonte coiffé d'un miroir, ses armoires rouges, sa mousseline comme un brouillard dans les étroites fenêtres, ses plaques de soleil sur les pattes de la longue table de famille. Là, brillait la lampe toujours allumée, connue dans l'histoire de tous les peuples... l'âme du foyer ; là, nous étions tenus au courant des bonnes et des mauvaises nouvelles ; là, papa signait nos bulletins de collège ; là, dans la haute chaise berceuse, souvent nous nous sommes assis en silence pour repenser aux choses de la création découvertes durant le jour et pour réfléchir à ce monde merveilleux et bizarre où nous étions tombés.

Au premier étage s'alignaient les chambres à coucher des enfants. Il y en avait huit, je crois, que garçons et filles se partageaient. Chez les filles, c'était plus propre, plus rose, plus aéré, plus aérien que dans nos garçonnières. Sur leurs murs, elles piquaient des cadres minuscules, des silhouettes gracieuses et des brindilles de fleurs ; sur les nôtres, nous collions de grossiers et immenses calendriers : chasseurs à l'affût, bonshommes fumant du tabac frisé...

Notre chambre, la plus spacieuse de l'étage, donnait sur le jardin, un minuscule jardin de terre noire, rempli comme une corbeille, coupé de droits petits sentiers que nous arrosions chaque soir sous l'œil des lapins.

Nous avions chacun notre lit, un petit lit blanc à vraie paillasse, à poteaux de fer terminés en boule de cuivre, où nous pendions notre linge, le tire-roches, et nos deux bras dans une prière.

Au deuxième étage, une véranda « tamisée » s'avançait, bombée comme une cabine de pilote ; vraie tour d'observation flanquée au-dessus des remous de la vallée semblables à ceux d'une mer : remous blancs des poudreries, remous des draveurs au printemps, remous des familles pauvres, cueilleuses de fruits sauvages, remous des feuilles tombantes, des pluies de soleil, des coups d'ailes d'oiseaux, remous des sentiers d'enfants, de chasseurs, de pêcheurs. Durant les nuits chaudes, nous dormions devant tous ces remous, sur cette galerie de bois, également chambre à jouets des petits. Soldats, oursons, tambours, minuscules sabots, poupées attablées devant de petits plats vides, faisaient là bon ménage ensemble. Un pont de fer-blanc, fabriqué jadis par mon frère le premier, ouvrait l'entrée vers ce monde de carton.

À l'étage supérieur, derrière un œil-de-bœuf, c'était le grenier : cage longue, déserte, poussiéreuse, dortoir d'hiver de quelques bûcherons. Sur des paillasses, entre des chaises à trois pattes et des portraits d'ancêtres, ces hommes, véritables proies du sommeil, culbutaient chaque soir dans la nuit.

Et comme l'équipage d'un navire heureux ne pense ni aux arrivées ni aux départs, mais à la mer qui le porte, nous voguions dans l'enfance, voiles ouvertes, émus des matins et des soirs, n'enviant ni les ports ni les villes lointaines, convaincus que notre navire battait bon pavillon et renfermait les philtres capables de fléchir pirates et malchances.

Nous habitions rue Claire-Fontaine, numéro 168.

Notre rue commençait dans les brouillards de la chute sauvage, sortait en grimpant d'une dense forêt, longeait la vallée et s'en allait finir là-bas, dans une coulée dangereuse, pays des souches et des lièvres.

Orgueilleuse avec ses trottoirs de bois, son chemin de sable, sa lumière coiffée d'un chapeau plat à tous les deux poteaux (qu'un homme à bicyclette, armé d'une perche, venait allumer à chaque crépuscule), notre rue ne rentrait pas dans la ville. C'est pourquoi de nombreuses ruelles en goudron, étroites et bossues, affamées de poésie, venaient s'accrocher à elle comme des mendiantes.

Peut-être parce qu'il y avait beaucoup de pauvres le long de ma rue... sa poussière était douce, ses graviers, brûlants de rires.

Elle ressemblait à un corridor charroyeur de soleil jusque chez les épines. C'était aussi une voitureuse de vents purs, fréquentée par les cultivateurs, les garde-feux, les vendeurs de fruitages, les amoureux. La marmaille, en santé comme des faons, s'y roulait tout le jour. Nous avions nos lassos, nos voiturettes, nos sabres de bois, nos arbres, excellents joueurs à cache-cache, et parfois, dans les roulières, de vraies traces d'inconnus, d'errants qui étaient passés la nuit.

Et nous ne voulions pas vieillir. Hélas, trop d'ennemis attaquent l'enfance : un sabre de bois est impuissant à les repousser tous !

Blottie derrière les mots, aérée par l'haleine des lacs inconnus, caressée par une lumière qui se levait à même les chutes et s'endormait chez les longues épinettes du Fer-à-Cheval, notre ville valait deux capitales lointaines et six étincelantes métropoles.

Tel le fruit le plus élevé d'un arbre immense, elle était la dernière de toute une série de petites villes semées comme des balises le long de la Saint-Maurice. Portant dans ses murs une huitaine de mille âmes, née sur la plus haute branche de la carte des Laurentides, au pays des orignaux et des castors, elle était choyée des hommes comme le dernier enfant d'une famille. Aucune route ne la reliait aux autres, excepté la Saint-Maurice, route mouvante, et la voie ferrée. La Saint-Maurice prenait sa source à même les ruisseaux de biches, par delà les réserves indiennes, et venait, après bien des culbutes et des courses et des risques, rejoindre à Trois-Rivières le majestueux fleuve Saint-Laurent, grand avaleur, trésorier et distributeur des eaux du Québec. Le train ne montait qu'à tous les deux jours, et sa mine trahissait une grande fatigue. Il stoppait à la petite station, essoufflé, en nage, penaud, ahuri comme une bonne bête, ayant eu à foncer dans des tunnels, à marcher en équilibre sur des *tracels* et à grimper les côtes à « siffleux ». Souvent les voyageurs racontaient avoir vu des animaux sauvages en frôlant la rivière aux Rats-Musqués. Plusieurs citoyens de chez nous gardaient des visons dans leur cour, et même des chevreuils qu'ils apprivoisaient. Nous connaissions deux ours dressés à boire de la même façon que les hommes.

Dans un pays si fécond en gibier, l'industrie de la place était le bois. L'usine de pulpe s'élevait près des chutes, lesquelles fournissaient à la ville l'énergie électrique. Des montagnes de billots, que des hommes arrosaient à la journée avec de longs boyaux, dormaient dans les cours. À cinq heures, au coup de sifflet, des centaines d'ouvriers, deux par deux, trois par trois, sortaient sans se hâter.

Ils habitaient tous le hameau derrière l'église, au bord d'un riant petit lac. Nous connaissions monsieur Scalzo l'Italien jardinier, monsieur Eustache qui marchait toujours avec un nain, son ami. Quelques-uns à bicyclette, la plupart à pied, regagnaient leur demeure en coupant à travers les vallons par de petits sentiers connus d'eux seuls.

Le centre comprenait le bureau de poste, le couvent, le monument du Sacré-Cœur, la salle paroissiale où les jeunesses roulaient des quilles, quelques hôtels, une petite banque, un minuscule cinéma, l'hôtel de ville avec son alarme à feu, sa pompe à incendie et ses deux chevaux savants qui, à la sonnerie de la cloche, accouraient d'eux-mêmes se placer devant la lourde voiture où les attelages suspendus par des cordes leur tombaient automatiquement sur le dos. Les soupiraux de l'hôtel de ville étaient grillagés : « la prison », se disaient à l'oreille les gamins.

À l'est, tout au bord de la vallée, sous de grands arbres, s'échelonnaient les résidences des gens à l'aise. Coquettes demeures posées sur des gazons comme sur des tapis. Les plus belles fleurs poussaient là, derrière de blanches petites clôtures, et les enfants de ce quartier possédaient de bien beaux jouets : des tennis, des bicyclettes, des ballons attachés à des cordes et des jeux de croquet venus des villes. Les gardes-malades habitaient là, quelques professionnels et presque tous les patrons de l'usine.

À l'extrémité ouest, se dressait le collège des frères. L'hôpital, un peu plus haut, bien assis sur des roches, surplombait la vallée au fond de laquelle ondulait un carré de terre défrichée, parc de deux jeunes chevaux lancés dans un galop sans fin... câble au cou et crinière mêlée.

L'hôpital limitait la ville. Et puis, c'était un chemin de sable sur un terrain plat qui menait chez les cultivateurs du Fer-à-Cheval. Dans ces parages, il y avait aussi le rond de course avec sa cabane au milieu, piquée de petits drapeaux, joie peu coûteuse du dimanche après-midi de quelques vieux amateurs.

La langue de ce pays était virile ; les visages, humains. La poésie, comme un parfum sous les ronces, se cachait au fond de bien des rides. Ce peuple savait chanter et bâtir une digue. Ses actes eussent ébloui les vieux héros des anciens mondes. Michel-Ange eût été ému de sculpter dans quelque chauve montagne un seul trait de l'histoire de ces hommes, venus en roulant, en portageant la misère, dans la seule fin de pétrir un bonheur à d'innombrables fils et filles.

L'aviron les avait menés à rude et bon port !

« Une fois, c'était un seigneur... » Assise au pied du lit du plus vieux des garçons, sous la veilleuse tournée vers la fenêtre ouverte où glissait le vent, maman nous racontait pour la centième fois la même histoire. En bas, Anne-Marie, l'ange de la maison, la pianiste malade, notre sœur aînée, jouait du Schubert.

« Une fois, c'était un seigneur. Un seigneur qui avait une fille à marier. Une belle fille aux cheveux longs et doux, amie de la musique, des soies et des livres. Elle était courtisée par beaucoup de prétendants. Des riches et des petits, des minces et des gras venaient à elle de partout, même de très loin. Chaque jour, des inconnus au beau langage lui apportaient des cadeaux parfumés, des tissus et des bijoux. La belle fille remerciait gracieusement et montait à sa chambre, souvent sans ouvrir les boîtes révéleuses de présents et de compliments. Elle se mettait à sa fenêtre sur un petit tabouret effilé et mignon comme elle, et guettait la route, exactement comme sœur Anne. Elle attendait en soupirant — des soupirs à faire trembler les dentelles. Mais pour qui ? Le prince, le chevalier, le messager ? — Tout cela ensemble. Elle guettait un homme du nom de Ti-Jean, lequel travaillait pour le seigneur son père. « Ti-Jean ne vient pas, Ti-Jean me fait pleurer ! » Et elle pleurait en brossant ses longs cheveux. Vous allez être bien surpris de savoir qui était Ti-Jean. C'était un coureur de bois qui ne savait pas marcher sur un trottoir, pauvre, illettré, mais beau comme un prince. Souple, grand, barbu, on le surnommait Ti-Jean le Barbu ;

il portait les lacs dans ses yeux et le soleil dans son sang. Il avait une voix merveilleuse pour chanter :

Hop là ! courage ! debout !
J'ai deux montagnes à traverser,
deux rivières à boire !
Ho donc ! ma hache et mes souliers :
Payse veut nous voir !
J'ai six vieux lacs à déplacer,
trois chutes neuves à mettre au lit,
dix-huit savanes à nettoyer,
une ville à faire avant la nuit !

« Il plantait des maisons tout le long de son chemin, comme un jardinier plante des choux. Son cœur coulait sur le pays, le couvrait comme sa voix. C'était un faiseur de villages. Bâtisseur de son métier.

« Un soir, en pleine forêt, au bord d'une source bleue, près des tentes pointues, sous les étoiles, la fille du seigneur, venue voir les chantiers avec son père, entendit Ti-Jean chanter et raconter des histoires. Ce fut la mordée, la foudre, la débâcle vers lui. Tous les prétendants qui habitaient son cœur, même Bénédicamus et Domino, les deux plus fidèles, prirent la fuite en courant, et les portes se refermèrent sur Ti-Jean le Barbu. Elle aurait bien voulu l'épouser, mais hélas ! Ti-Jean s'y opposait. « J'ai une amie, belle dame », disait-il naïvement. « Qui ? » demandait-elle. Ti-Jean, avec son marteau, montrait la forêt par delà la montagne : « Elle habite là-bas. Je me suis promis ». Et la fille du seigneur s'en retournait pleurer dans son château : elle savait que Payse était la plus forte.

« Pour plaire à sa fille, le seigneur faisait à Ti-Jean de belles propositions ; mais au fond, il était bien content qu'elles soient toujours refusées car on avait besoin du

Barbu pour mettre du courage dans l'équipe ; d'ailleurs des faiseurs de villages ne se trouvent pas sous les pommiers ; et il lui donnait des cadeaux en cachette : une blague à tabac, un foulard, une poche de petits poissons, un couteau.

« À la puissance qui reste assise, Ti-Jean préférait donc la pauvreté qui marche, continuait maman en nous laissant bien le temps de comprendre. Aux routes battues, il préférait les sentiers de ronces ; il ne connaissait pas les bals dans les manoirs, les débats sous les lustres et les passe-temps en fauteuils. Par goût, il avait choisi la tente, la forêt, l'horizon. Il détestait l'eau croupissante ; les torrents l'enchantaient. Aux beaux habits des villes, il opposait fièrement sa parka sentant l'écorce ; aux phrases vides, il préférait les actes remplis comme des rivières. Il faisait pouah ! à ceux qui couvent leurs malheurs comme des œufs d'or. Peut-être, sous ses habits, cachait-il d'horribles cicatrices ; mais ceux qui l'ont connu ne se souviennent que de son rire. La fille du seigneur fut bien désolée de le voir s'échapper, lui, et je crois qu'elle le pleure encore... »

— L'avez-vous connu, Ti-Jean ? demandions-nous à maman.

Et elle répondait : « Oui, je l'ai connu. Aujourd'hui il est enterré à Lotbinière au pied d'une côte, loin des routes passantes. »

Nous nous endormions en rêvant à ce géant pauvre qui possédait le don extraordinaire de ne se souvenir que des histoires heureuses. Moi, je le voyais assis dans la lune pêchant des étoiles.

Un soir, papa écoutait à la porte de notre chambre une des aventures de notre héros. Quand le conte fut fini, dans l'escalier, il demanda à ma mère :

25

— Tu leur parles de lui ? Et si tu leur donnais le goût ?

— Il faut bien qu'ils sachent d'où ils viennent, répondit-elle.

Et heureuse, confuse, elle regarda son homme qui était le fils de Ti-Jean le Barbu et qui, lui aussi, ne pouvant vivre cœur et coudes serrés dans les faubourgs, était venu dans les montagnes avec une hache et des pionniers à sa suite pour bâtir à plein ciel cette maison où nous étions nés...

Mon père, après avoir été pionnier, se fit commerçant de bois, ce qui veut dire commerçant de chevaux, de foin, de grains, presque marchand général. Au-dessus de l'écurie, il possédait tout le « grément » des chantiers, c'est-à-dire : couvertures de laine, ustensiles de cuisine, poêles, paillasses, papier goudronné, bardeaux, tôles, chaînes. Il circulait là-dedans, mains dans le dos, silencieux, chagrin parfois, comme un enfant vieilli devant ses jouets de mioche.

C'est dans cette maison de la rue Claire-Fontaine, remplie des rimes du Barbu, de « Schubert », dans l'odeur de manches de hache et de copeaux d'érable blanc, au milieu de ces visages cuits de vent, de ces grosses mains cornées, de ces yeux couleur d'évasion que nous avons passé nos premières soirées d'enfants pendant qu'au dehors poudrait la neige des mystères.

Je revois encore Charles Bédard, notre préféré d'entre les hommes, à cause de l'autorité qu'il dépensait à nous défendre lorsque les autres voulaient nous chasser, nous montrer à fumer ou nous effrayer.

Sa tourmaline bien renfoncée sur le crâne, assis dans les marches de ciment qui entouraient la fournaise, sa balafre sur le nez qui lui donnait cet air à la fois comique et féroce, je le revois nous tailler des polichinelles dans un bloc de cèdres avec son long couteau au manche en patte de chevreuil, nous inventer des jeux d'anneaux de broche qui, disait-il, lui avait été enseignés par un prisonnier, nous découper gauchement des marionnettes de carton. C'est lui Charles qui, les samedis d'hiver, nous permettait d'accrocher nos traîneaux dans les piquants de sa *sleigh,* et nous amenait jusqu'au faîte de la montagne pour glisser — cette montagne où nous allions puiser l'eau de Pâques avant le lever du soleil et couper l'arbre de Noël durant les vacances de décembre ! Charles Bédard !

Je revois les autres hommes aussi dans les marches de l'escalier, le soir après une journée entière de risques généreux, de coups d'épaules, de mordées sur les arbres. Fatigués et rieurs, l'âme pleine du fond de la forêt, temple de calme et de vérité vraie, *Samson le Petit, Onze doigts, Mâchoire, Frisé le Chauve, Grande Voix, Poteau*, chemises rouges, bras épais, poilus comme des sangliers, tous ces disciples de Barbu, des plus taciturnes aux plus vantards, cessaient d'affiler les haches et de huiler les bottes, chaque fois que le plafond au-dessus de la cave se mettait à chanter... Anne-Marie, dans l'ombre du salon en haut, réveillait les ensorceleurs avec ses doigts pâles... Alors, gravement, les hommes fumaient, l'œil fixe, ramassés au milieu de leurs secrets, en se touchant les griffes plus dures que des ergots de coq.

Est-ce parce que j'ignorais tout de leur vie, de leur passé ou de leurs aventures, mais pendant que jouait la musique, ils me faisaient penser à des nuages, ces grands morceaux de silence capables de révoltes, de rages, de destruction, aussi de secours, de construction et de charité, qui s'arrêtent un moment parfois pour écouter et repartent quand on les observe.

II

Qu'est-ce qu'il fait toute la journée dans sa chambre ? Il se berce ? demandions-nous à maman.

— Il se berce...

Et la chaise de bois faisait cric crac cric crac dans le plafond de la cuisine.

— Il pense à quoi ?

— Un vieillard n'est pas en peine pour cela.

Dans sa berceuse à coussin plat, les yeux loin dans le vide, plus loin que les maisons, les rues, les magasins, dans la fumée de sa pipe dessineuse de rivières, notre grand-oncle, le père Richard, traversait les heures.

C'était un long vieillard tout blanc, ancien draveur, qui s'était donné à mon père depuis nombre d'années et vivait au milieu de nous. Invariablement vêtu d'étoffes du pays, il habitait sur notre étage et veillait distraitement sur nous. Maman lui avait aménagé cette pièce au-dessus du poêle de la cuisine qu'il pouvait atteindre par un escalier secret débouchant derrière la glacière. Une chambre avec une grande fenêtre du côté de l'est, un mur garni d'armoires hautes et creuses, une branche de rameau bénit au-dessus de sa porte...

— Il se berce ?

— Il repasse ses aventures.

Maman nous expliquait les innombrables aventures de cet homme ridé, vécues du Lac Saint-Jean à la rivière Gatineau, des commencements de rapides à la tête des Grands Lacs.

— Il écoute le vent ?

— Oui. Le vent.

Le vent des bois, ce sorcier plein de ruses et de cajoleries qui vole les jeunes gens et les attire à la bouche des cours d'eau gonflés, venait dans sa vitre lui faire des signes mystérieux, des appels discrets, et le vieux répondait *non* de la tête en mettant le plat de ses mains devant sa figure. Ses jambes, jadis plus sèches et plus souples que celles d'un chevreuil de race, étaient devenues raides et cassantes comme des bâtons. Ses yeux, autrefois perçants comme des phares de bateaux, pleuraient aujourd'hui comme des lampions à bout de mèche.

— Il ne sait pas écrire ?

— Non.

— Ni jouer à la balle ?

— Non.

— Qu'est-ce qu'il sait donc faire ?

— Une gaffe, il sait manier la gaffe et la hache... regarde-le fendre le bois, il ne se blesse jamais.

En effet. De ses prouesses de jeune homme, quelques gestes seulement étaient restés au père Richard, entre autres celui de brandir la hache. Sa grande main calleuse et luisante comme un manche d'érable savait encore tourner l'outil dangereux. D'un coup de poignet, il faisait glisser le manche poli tout le long de sa paume ; comme quand on aiguise un crayon, il s'aiguisait l'ongle du pouce et soudain, magique et brutal, il approchait le tranchant de sa joue et se caressait la barbe. Une main de femme n'eût pas été plus légère. On eût dit que sa hache était la continuation de sa main.

— Qu'est-ce qu'il connaît encore ?

— La neige.

Il connaissait la neige aussi et simplement à regarder ses replis, il pouvait dire : « Là, c'est un trou ; là, c'est de l'eau ; là, c'est dur », puis il aimait que nous allions vérifier avec une branche.

L'hiver, après dîner, il s'habillait chaudement : son épais foulard noir roulé deux tours dans son cou, son vieux casque de loutre qu'il bosselait avec galanterie d'un coup de poing, ses bottes à grappins, ses deux paires de mitaines de laine à carreaux rouges, ainsi emmitouflé, il sortait de la maison pour la visite méticuleuse des alentours. Le hangar collé à l'étable, où se trouvaient les pelles, la brouette, le gros établi avec l'étau, et les mèches, et les scies et les bêches, était son refuge, son oasis. Marcher dans les copeaux, s'asseoir sur le quart de clous, pour observer l'Irlandais notre engagé qui trouait un bout de planche au vilebrequin, tâter un peu les outils, les attelages, chatouiller avec ses ongles durs le nez de la grosse vache laitière, tailler avec sa pelle de bois des petits chemins dans la neige, nettoyer les pinceaux, telles étaient les occupations du père Richard. Des occupations enfantines, en vérité.

Quand il était fatigué, il regagnait sa chambre et, jusqu'à l'heure du souper, immobile dans le cadre de la fenêtre comme un portrait d'aïeul, la pipe éteinte dans la moustache jaunie, il répétait *non* au vent qui le harcelait de tentations.

Des souvenirs éblouissants tissés de bouts de misères, comme des toiles merveilleuses fabriquées de fils de poches, pendaient dans son cerveau.

Finis les courses aux Grands Lacs, les barges des draveurs halées des rapides à coups de câble de la grève, le bruit long et dur des épinettes qui plongent, l'appel du cuisinier sur le triangle de fer, le murmure d'un air de danse, sorti d'un gosier d'homme fourbu, la poudrerie avec ses voix de femmes au-dessus des camps de bois rond ! C'est moi qui bien souvent allais frapper à sa porte pour l'avertir que le repas l'attendait. « Oui », répondait-il, d'une voix enrouée, grise, comme venant d'un tombeau quelquefois. La berceuse cessait de gémir, puis on entendait le bruit d'une pipe que l'on secoue. Une fois, je regardai par le trou de la serrure ; il était à genoux, les coudes sur le montant du lit de bois, les mains sur les oreilles qu'il avait longues et bien faites, ses yeux de ciel d'hiver dans l'absence, le chapelet noir qui se balançait en travers de sa figure comme des coups d'encens pour éloigner les mauvais esprits.

Sa chambre ressemblait à une cellule d'ermite aveugle, échoué là après ses courses dans le désert, qui n'a aucun livre, aucun papier, ni crayon, ni plume, ni pupitre, mais une chaise qui craque sur un plancher rugueux, des souvenirs apprivoisés qui circulent sur la pointe des pieds dans l'odeur de pipe, une grande valise en peau d'orignal près d'un lit modeste couvert d'une « catalogne », une chambre dépouillée, toujours dans la pénombre comme un front penché vers la terre, une chambre de silence comme un vieillard à l'ancre qui songe à ses amis... la plupart couchés dans les cimetières, quelques-uns peut-être... debout entre deux roches au fond de l'eau !

C'était un homme pris dans le sol et la foi, comme une racine de frêne, comme une inscription dans la pierre.

— Mais il ne dort pas ?

— Les vieillards ont des souvenirs, ils ne dorment pas beaucoup.

Immanquablement le premier à la messe matinale, le père Richard s'assoyait dehors sur de grosses pierres, les pierres endormies de la future église, et attendait l'ouverture des portes, seul avec l'aube, repassant sa vie au large des hommes, où il avait appris que le travail, l'amour et l'infinie patience réussissent où échoue la force.

Étant de mon côté servant de messe au couvent, combien de matins je l'ai vu, comme une souche, regarder la terre à ses pieds. Je m'arrêtais pour deviner les sujets de méditation des vieillards, pour chercher ce que peuvent bien avoir à raconter des trottoirs de bois et de vieux cailloux gris, mais vite je tournais les talons, étourdi comme un lièvre, craignant d'entendre l'histoire de la sorcière qui blanchit les cheveux et voûte les dos.

— Vous êtes en retard ! lui criait le bedeau qui se montrait en agitant ses clefs. C'est l'heure avancée maintenant, le père !

Le père Richard, debout, le doigt pointé sur le soleil, répliquait avec colère :

— Va donc lui donner une poussée, sacrabes de mille tonnerres ! C'est la fin du monde !

Peut-être voulait-il que rien ne changeât ? Sûrement il voulait que rien ne changeât. Durant toute sa vie, il avait fait sienne la loi des obscurs sans s'en porter plus mal. Son étonnement et sa déconfiture eussent été grands si le fonctionnaire avait ajouté : « À partir de demain, il n'y aura plus de misère ici-bas. » Il aimait sa vie telle qu'elle avait été, virile et audacieuse. « Tant que les hommes auront muscles et volonté, répétait-il souvent, ils feront de bien mauvais paresseux. »

Dans le banc de la famille, il s'engouffrait, mouchoir rouge à la main et, dans son livre à gros caractères, dévotement, en berçant son corps dans de fréquentes inclinations, il suivait l'immuable cérémonie qui en retour lui soufflait courage et consolation.

Je vénérais cet homme sans comprendre sa manie de s'immobiliser d'interminables moments comme un martin-pêcheur. Lui me trouvait bien agité, bien turbulent.

Voisine de la cour de jeux, s'étendait notre cour à bois ou une vingtaine de piles de merisier à vendre séchaient là à l'année. Corder le bois faisait aussi partie de son travail. Il montait des rangées droites, symétriques, patientes comme des travaux d'architecture.

— Va tranquillement, tu vas trop vite, ça dure pas, mille tonnerres ! Rien dure qui est bâclé trop vite, moi je le sais ! me criait-il souvent lorsque je passais près de lui au galop.

Maman nous disait : « Respectez-le, il a aidé à la construction des villages ».

Mon frère le plus vieux répondait, l'œil au loin, ces paroles de la chanson de Barbu : « Moi, je ferai des villes ! »

Le deuxième frère et moi, nous nous regardions, sans parler, peureusement. L'avenir, cet invisible, nous figeait sur place ; une grande brume nous le voilait. Ce que nous aimions, c'était le présent et nous le dégustions comme un fruit juteux et tendre.

Le père Richard semblait être de trop dans le présent. Le passé semblait l'avoir oublié là... comme un sac au bord de la route.

L'Irlandais, notre engagé, était l'homme de confiance de la maison. Il mesurait six pieds et trois pouces. Moustachu et maigre, ingénieux et discret, il réparait une chaise, retapait un talon, en un tournemain. Il nous promenait parfois sur son dos rond, d'où nous avions l'impression d'être juchés dans un arbre.

Cet homme préférait le jardin à la montagne, les poules aux chevaux, le sécateur à la hache. Les travaux durs l'effrayaient. Sa saison préférée semblait être le printemps. Quand la Saint-Maurice dans un grand tremblement se libérait de sa couverture de glace et que le gazon, l'épaule nue, venait prendre un bain de soleil, l'Irlandais en turlutant de bondissantes petites ritournelles, sortait brouette, chapeau de paille, bêche, râteau et, sous la surveillance de maman, tournait les plates-bandes, alignait ses carrés. Le jour de l'éclosion de ses fleurs il s'allongeait par terre et leur narrait des histoires. Jamais tulipes ou géraniums ne connurent vase plus délicat que ses deux mains. C'était un homme seul, qu'un grand amour avait dû terrasser. Il avait une famille au loin, disait-on, dont il ne parlait jamais. Je le revois dans mon souvenir : un muet personnage avec des moments de lueur, mais insaisissable, fuyant, peut-être malheureux. Il finissait rarement ses phrases, déposait un bouquet sur la table quand la cuisine était déserte, disait souvent le mot « partir ». Mystérieux homme qui peut-être avait vu la guerre, c'était assurément un fidèle, plus fidèle qu'un épagneul, qui sur un signe obéissait à tous les ordres de papa.

Il avait une passion : découper des maisons d'oiseaux. Entre deux coups de bêche ou deux ondées, il s'approchait de ses poteaux rouges dans la tête desquels étaient perchées ses maisons et engageait des conversations avec les oiseaux en mêlant son « siffle » au leur. Les oiseaux lui tiraient des révérences, lui gazouillaient des réponses gentilles et, sûrement dans l'intention de lui plaire, partaient en trombe au-dessus de la vallée et se roulaient en acrobaties éblouissantes... et l'homme dans ces moments-là devenait triste : le boulet de son pied lui faisait mal... les oiseaux de tous les temps ont ignoré que l'homme, surtout leur ami, porte au pied un boulet !

Nous avons longtemps gardé la conviction que le père Richard n'avait jamais été jeune, qu'il était venu au monde blanc de cheveux, voûté, avec ses jointures comme des nœuds d'arbres. Nous avons toujours vu papa, gros, large, fort, aimant à soulever des poids, à rire bruyamment et à tambouriner sur le coin de la table avec sa lourde bague d'or. Maman, au chignon poivre et sel, tablier blanc, yeux bruns, qui nous surveillait pendant que ses mains roulaient la pâte, nous nous refusions à croire qu'elle eût été autrefois une fillette.

Les voisins, les connaissances, les « vus pour la première fois », se fixaient dans notre esprit comme dans l'œil d'un *kodak* ; pour ma part, je les voulais invariables comme la chute ou l'usine. Je me disais en regardant la rue : « C'est ainsi depuis toujours et pour toujours ». De toute évidence, j'étais un enfant de douze ans, pour l'éternité.

Mon frère, le deuxième, partageait cet avis. Nous ne voulions pas devenir des hommes par crainte d'avoir à renier ce peuple qui rend heureux les enfants. Nous croyions aux gnomes qui soufflent de la brume, aux génies qui changent les jeunes filles en fruits, à la musique qui, comme le dimanche, a pour mission de reposer, d'élever. Souvent, le matin, nous nous passions la tête derrière la toile pour surprendre celui qui mettait des gouttes de rosée sur les feuilles de choux. Je couchais sous une fenêtre pour avoir le dernier le bonsoir de la lune, pour avoir le premier le salut du soleil. Je me levais parfois dans les ténèbres pour mesurer la maison, diriger des orchestres, tirer de l'arc avec Robin des Bois. Mais mon frère le premier mit fin à ces exploits en m'attachant la patte, un soir.

Nous respections l'aîné, l'inventeur, le savant. Quand il prenait sa voix d'homme et parlait de l'avenir, quand il nous expliquait son rêve de dompter les loups et de passer par les villes, fouet en main derrière un attelage de fauves, nous nous réfugiions timidement dans le salon et demandions à Anne-Marie de faire de la musique ; non pour effrayer les loups, mais pour attacher sur place celui qui avait tant hâte d'être vieux.

Hélène, ma deuxième sœur, possédait une jolie voix, un joli visage, une jolie main et des yeux qui voyaient dans l'obscurité. Combien de dignes jeunes gens de la ville venaient le dimanche en costume d'équitation, louer chez nous des chevaux de selle dans le but de l'impressionner ! Ils avaient beau câbrer leur monture, risquer les savants manèges, se tenir sur un seul étrier... Hélène s'échappait toujours comme une truite, en leur riant au nez effrontément. Elle étudiait le violon, désirait un violoncelle ; je crois que son rêve était de jouer de la harpe chez un prince, dans quelque salle bleue et or, sous des lustres comme il n'en existe pas.

J'avais aussi une sœur sportive, à cheveux courts, qui ressemblait à un garçon. Elle savait conduire un canot, pêcher à la trôle, siffler, monter à cheval. Souvent, à la veille des orages, elle partait pour la Saint-Maurice, les deux chiens sur ses talons. Après l'orage, elle revenait, cravachant les fougères, de l'eau dans ses cheveux et une sorte de défi sur la lèvre.

Suivait Lédéenne, ma cadette d'un an, que je préférais. Ronde et agile petite compagne, elle était ma confidente, ma reine, aussi mon souffre-douleur. En retour, j'étais son cheval, son laquais et son roi. Chaque fin de jour pouvait dire de nous deux : ils sont plus tendres que méchants. L'été, nous nous lancions du sable ; et l'hiver, de la neige. Me pinçait-on le bras, automatiquement je tirais les tresses. Quand je chipais des biscuits, c'était, plus souvent que par gourmandise, pour m'attirer le pardon de Lédéenne que je venais d'exaspérer.

Puis il y avait les autres, les plus jeunes, longs comme des poupées et fragiles comme des bouquets de mariée, prompts aux pleurs et aux rires ; un petit troupeau d'enfants, trop petits pour nous suivre sur les cordes de bois, mais fidèles imitateurs de nos pirouettes dans le sable. Nous en avons sauté des toits, et roulé des barils vides, croyez-nous, et tiré des coups de lasso, et dompté des chiens, de gros chiens doux et forts qui nous menaient à l'école, battant n'importe quel trotteur à la course. Oui, avons-nous piaffé et couru, ventre à terre, à des feux et à des cirques imaginaires ! Il va de soi que, les jours de congé, le canapé pour pleurer était presque toujours occupé. Au-dessus du poêle, il y avait un séchoir composé de douze baguettes de cèdre, larges d'un pouce, minces comme le doigt et fragiles comme du verre, sur lesquelles rarement on voyait du linge à sécher. Elles servaient à autre chose... Tous les deux mois, douze baguettes neuves faisaient leur entrée dans la maison... Nous nous aimions ! Je pense à Lédéenne qui, au fort de mes malheurs, venait me lancer des sourires en soulevant adroitement la portière.

Enfin, il y avait les voisins, des tas d'enfants de toute couleur, des Acadiens, quelques petits Anglais qui parlaient comme nous. Notre cour était le rendez-vous de la rue, le lieu des rassemblements, le terrain d'essayage de tout ce qui se meut. Voitures, chevaux, cerfs-volants, fleurs, outils qui grognent, qui rient, qui tapent, balles au camp, lapins, nous avions tout cela à notre portée... et à l'heure de la collation, nous avions la maman qui venait nous offrir, sur un papier chaud, des beignes dorés, croustillants, si bons quand on a douze ans, quand on a faim de vivre et quand on a pour gambader le théâtre du bon Dieu.

Lorsque la famille était réunie à table et que la soupière fumait ses parfums jusqu'à nous étourdir, maman disait parfois :

— Cessez un instant de boire et de parler.

Nous obéissions.

— Regardez-vous, disait-elle doucement.

Nous nous regardions sans comprendre, amusés.

— C'est pour vous faire penser au bonheur, ajoutait-elle.

Nous n'avions plus envie de rire.

Comme la couleur de la lune, le trille d'un oiseau, le velours d'une pêche, le goût de la cannelle et l'odeur d'une pomme, créent des émerveillements insaisissables que jamais les mots n'ont pu emprisonner, ainsi celle qui la première vous apprit le nom du Créateur, qui vous chanta « la poulette grise » d'une voix plus fraîche que l'eau, qui, les soirs de juillet, devant vos yeux promena son doigt entre les constellations, qui orienta votre pied sur le parquet, votre main sur le cahier à deux lignes et votre vie vers les soleils, celle-là est un être devant lequel les petits mots à deux syllabes s'aplatissent, rampent et fuient.

Notre mère (comme bien des mamans de pays neufs, à qui naturellement incombe la tâche de tenir allumée la lampe intérieure) fut notre pilote sûr et joyeux devant les innombrables remous. Elle aurait tenu la barre d'une galère de pirates, pourvu que la destination fût « par en haut ». Personnages verbeux, idées trop subtiles,

39

marchands de systèmes, lanceurs de poudre aux yeux, hâbleries trouvaient chez nous porte close. Comme les colporteurs adroits qui par quelques images, un tour de phrase, l'étalage d'une belle étoffe, un signe de tête et d'autres méthodes naïves et directes nous font aimer leur marchandise, maman voulait nous vendre une chose, une façon de penser, *la* façon de penser, en d'autres termes : l'art de vivre. Nous étions bien loin de nous douter que c'était un art. Mais elle avait sillonné la vie, enjambé des épaves, déjoué récifs et corps morts ; elle pouvait dire : « J'étais là, je sais ». Aussi l'écoutons-nous.

Sa philosophie, comme celle des oiseaux, se résumait au pain quotidien et à la paix intérieure ; et elle y tenait, y revenait souvent comme la vague sur la roche, sachant l'inconstance des hommes et la facilité qu'ont les idées de disparaître. Avec simplicité — cette grandeur ! — elle était venue toute jeune épouse dans le pays des montagnes. À l'époque où il n'y avait ni maisons, ni chemins de fer, ni routes, comme beaucoup de ses compagnes, elle quitta son village heureux et déploya ses ailes pour la neuve migration. Aucune tempête ne la fit sombrer parce qu'elle tenait sa tête dans la zone que n'atteignent pas les tempêtes. Peut-être aussi ce goût des altitudes lui venait-il de ses ancêtres, maîtres joailliers, artistes en orfèvrerie, d'origine suisse, dont elle était fière. Comme un paratonnerre, elle s'exposait aux foudres des jours, prenait sur elle les malheurs. À l'abri elle nous forgeait des armes. En riant, elle avait bousculé les obstacles, reculé les ronces et fait son nid. Les hommes des bois la respectaient comme on respecte une croix au carrefour des routes.

— Je me moque de vos muscles, le danger est ici, disait-elle aux hommes en se touchant le front.

Elle les forçait à faire le ménage sous leur crâne, sachant bien que si le pivot est pourri, toute la machine va crouler. Initiés par elle au bonheur, juger nous était défendu, et, nous arrivait-il d'être pris dans la laideur, elle nous levait le menton et disait :

— Regarde en haut pendant que tes pieds se débrouilleront.

Et lorsque nous baissions la tête, nous étions sur le dur.

— Une maison chaude, du pain sur la nappe et des coudes qui se touchent, voilà le bonheur, répétait-elle à table.

Puis le repas reprenait tranquillement. Nous pensions au bonheur qui sortait des plats fumants, qui nous attendait dehors au soleil. Et nous étions heureux. Papa tournait la tête comme nous pour voir le bonheur jusque dans le fond du corridor. En riant, parce qu'il se sentait visé, il demandait à ma mère :

— Pourquoi nous y fais-tu penser, à ce bonheur ?

Elle répondait :

— Pour qu'il reste avec nous le plus longtemps possible.

Papa ne questionnait plus. Il était le seul dans la maison à voir plus loin que le pain quotidien. Ses outils de vagabonds, l'attirail des errants en haut de l'écurie... nous le volaient un peu. Il s'évadait du présent parfois, fumait sa pipe en écume de mer, l'œil par delà la montagne comme son père Ti-Jean le Barbu avait dû faire bien des fois. Il semblait avoir hâte que nous soyons des hommes, surveillait l'aîné dont la voix muait, se faisait jouer par Anne-Marie des pièces dures, guerrières. Quand les accords martelaient des pas en marche, il écoutait avidement de son bureau, en tapant de la semelle.

Dans les distractions de la prière en famille, le soir, passaient notre chère vallée, la rue lumineuse que nous habitions, ses maisons pleines d'enfants nos amis, notre cour de sable avec la barrière rouge qui fermait par un bras lorsque nous avions peur, nos chambres chaudes, la vaste salle à dîner où nous faisions nos devoirs sous la pendule en bois sculpté, le corridor où nous jouions aux billes sous la lampe à chapeau, le long escalier que nous descendions sur le derrière comme la côte de la Saint-Maurice, notre petit crochet individuel dans la salle à couture où nous pendions nos blouses, nos sacs d'écolier et nos casquettes (quoique moi je lançasse tout par terre), tout cela passait dans un éclair.

Les yeux de dix frères et sœurs à aimer, n'est-ce pas quelque chose ? Pour jouer : de la santé et des jeux plein les bras ; en plus, comme les seigneurs, une montagne à nous pour glisser, des chiens avec de vrais attelages sur un vrai traîneau, une vache, de vrais chevaux et cette vallée de noisettes, de glands, de framboisiers, sans clô-tures, ni affiches, ni gardiens et la Saint-Maurice au milieu... Les fils de roi ne devaient pas en avoir tant que cela.

La cloche du petit lac, qui balançait la tête dans sa vérité éternelle, avait bien raison de nous rappeler que nous étions des enfants privilégiés, n'ayant comme in-quiétude qu'un devoir de classe à terminer dans la chaleur de la famille. Je n'en savais pas long. Maman disait :

— Le reste viendra bien assez vite, aime tes douze ans !

Et c'est à elle que j'obéissais.

*
* *

Sur la rue Claire-Fontaine, pas très loin de notre demeure, il y avait une maison blanche, carrée, percée de plusieurs fenêtres, ceinturée d'une large galerie sans garde-fous. Elle était coiffée d'un ample drapeau tricolore, un drapeau de France, comme une vieille dame à l'émouvante histoire qui sait les plus beaux refrains du monde, ceux de Normandie et de Bretagne, et nous les chante en rythmant avec sa tête... comme une vieille grand-mère (elle nous avait vus naître un par un) qui de loin surveille nos paroles et nos gestes et nous reprend avec amour.

Cette maison porteuse de drapeau, c'était la maison de la fanfare, habitée par des tambours, des clarinettes, des instruments de cuivre et des képis bleus. Muette tout le long du jour et de la nuit, elle se réveillait une fois la semaine, le jeudi soir vers sept heures... comme par magie. De grands carrés de lumière sortaient par ses larges portes, s'abattaient sur le gazon mouillé ; et des hommes, en riant, assis en cercle sur des chaises dépliantes, recollaient bout à bout des flûtes claires comme des bagues et des piccolos longs comme des pipes. Les lutrins de fer se prenaient à danser dans la place, portant sur leurs épaules des feuilles tachées de notes. Cornets, trombones, barytons, alti, accordés, décollaient à bord d'un rêve tenu sous la baguette du chef, chantaient des airs plus beaux que des mercis, forts comme la chute et grands comme la vallée. Des airs qui, comme les oiseaux des poteaux rouges, prenaient la rue à tire-d'aile, tournaient, tourbillonnaient, se pendaient aux toitures, même dans des bonds fous, entraient par les fenêtres des deuxièmes étages chez les ouvriers qui, tête levée, venaient voir pieusement.

Ah ! Ces répétitions de la fanfare de la ville chaque jeudi soir ! Le nez aplati dans les vitres, nos mitaines de balle au camp dans la ceinture, noirs de jeux, pâmés de courses folles, combien de fois pieds nus et sales, enlacés, émus, avons-nous guetté les notes, les avons-nous vues bondir des bouches de cuivre comme des danseuses ! Parfois il y en avait plein la salle. Les plus belles, comme je vous dis, s'échappaient d'un saut et venaient se poser sur notre épaule ou dans nos cheveux. Enchantement qui nous préparait des nuits de rêves ! Si nous avions pu les prendre avec nos doigts ces danseuses, nous l'aurions fait pour les cacher sous nos lits, dans nos boîtes à souvenirs avec les toupies ! Le jeudi soir à sept heures, la maison de la fanfare ressemblait étrangement à un navire pacifique, tout illuminé, qui passe au large des maisons en saluant ceux de la grève... en saluant jusqu'au détour de la nuit ! Puis, c'était le silence jusqu'au jeudi suivant. Combien d'ouvriers se disaient intérieurement le jeudi matin en allant à l'ouvrage : « C'est ce soir que passe le rêve ».

Souvent, le jour, avec Lédéenne et mon frère le deuxième, le discret, le « rangé » de la famille qui rêvait d'être musicien, tous trois main dans la main, nous allions en cachette sur la galerie de la maison chanteuse et, sans parler, nous contemplions par les carreaux les instruments de cuivre.

Mon frère le deuxième savait leur nom, leur origine et leur pouvoir de charmeur, qu'il avait appris dans un livre. Il nous racontait des fables au sujet du piccolo et de la flûte. Pendus au mur, ils se font la cour, disait-il. Lui, c'est un berger ; elle, une chanson insaisissable comme une abeille. La clarinette est la seule, remarquez-la, qui beau temps mauvais temps rit toujours de toutes ses clefs ; c'est la coquette du village. Le xylophone nerveux et maigre, avec ses côtes à jour, se tient au fond ; il claque des dents ; c'est qui ? c'est le pauvre. Une vieille harpe qui ne sortait jamais, en avant de tous les autres, comme une ancêtre, semblait tirer ses fils dans la vie, fendait les malheurs comme une proue de navire. Et le drapeau tricolore jetait ses plis vers nous, comme s'il eût voulu nous envelopper, nous enlever dans ses voiles.

Non, nous ne voulions pas vieillir.

Mais j'appris que personne ne pouvait échapper à cette loi. Fidor, le coq du quartier, champion coureur de la rue, héros déguenillé de mon enfance, sorti d'une maison branlante, m'apprit que nos douze ans étaient aussi fragiles que les soixante-dix ans du père Richard.

III

Il y a les fleurs adulées, sorties d'un riche terreau à l'ombre des haies domestiques.

Il y a aussi les fleurs torturées, venues au monde parmi les immondices et les souffrances dans les cours sales ouvertes aux gelées.

Fidor, je crois, était une de ces dernières fleurs.

Les cheveux longs et blonds comme le foin mûr, deux yeux verts, un refrain au bec, la casquette de travers, je le revois les deux mains dans les poches, poussant du pied une boîte de fer-blanc.

Fidor, la revanche et l'orgueil des maigriots en guenilles !

Il grimpait à même des poteaux sans clous, des câbles sans nœuds, et savait l'art de donner son bras aux petites vieilles qui traversent la rue.

Ses parents, des Acadiens, étaient indigents. Nous savions que Fidor ne fréquentait pas l'école, le petit collège de briques où sont les pupitres vernis, le tableau noir, le maître et les cahiers. Il fréquentait l'autre école, la brutale, l'indisciplinée, la bousculeuse, qui exige des devoirs autrement plus difficiles que la première. Il fréquentait la rue, y ramassant ce qu'il pouvait au fil des trottoirs : parfois une idée saine habillée en pauvresse, plus souvent des mensonges vêtus en petits princes.

Comment expliquer qu'il ne fût pas du clan des voyous ? C'eût été le plus redoutable chef-voyou du canton.

Fils de gens très modestes, il avait hérité d'un cœur plus profond qu'une urne, que le bon Dieu n'avait pas laissé à sec. Il possédait par intuition la science des animaux, la science des plantes, la science des étoiles. Son livre de classe, dans lequel il lisait infiniment mieux que nous les écoliers, c'était la nature. Il n'avait jamais tué un oiseau, mais pouvait les prendre dans sa main. Les plantes vénéneuses comme le bois d'enfer, les herbes à tisane comme l'herbe à dinde, l'herbe à éternuer comme le bouton d'argent, lui étaient connues. Dans sa cour, il nourrissait une corneille apprivoisée. Un dimanche, au rond de course, à la dernière minute, il remplaça le jockey malade et arriva bon premier avec un trotteur de petite réputation. Combien de fois la nuit, de nos fenêtres, nous l'avons vu courir au feu, pieds nus, derrière la voiture des pompiers, pour le plaisir de tenir les chevaux pendant que le charretier aidait à tirer les échelles. Souvent Fidor surgissait du sol et demandait la permission de conduire le cheval par la bride jusqu'aux écuries. Nos chiens obéissaient mieux à Fidor qu'à nous ; il leur avait enseigné à courir devant un lasso. Il disait que l'étoile de la mer renfermait des poissons, et celle du berger, des moutons. L'oreille collée sur les poteaux de fil télégraphique, il savait déchiffrer les messages. On lui prêtait, chez les pauvres du petit lac, un don de sourcier. Et le couteau à deux lames qu'il lançait dans le milieu d'un arbre sans jamais manquer, et la côte du lac qu'il descendait dans un pneu d'automobile...

J'étais son ami parce que j'avais son âge et que je demeurais sur sa rue, mais rien ne nous liait particulièrement l'un à l'autre jusqu'au matin où il est arrivé chez moi et m'a dit gravement :

— Viens.

Je l'ai suivi. Une fois à l'écart, il a tenu sous mes yeux une poignée d'argent.

Il y avait des dix sous, beaucoup de gros sous et même des petits vingt-cinq sous en papier.

— Je veux jeter cela à l'eau.

— Tu as volé ?

Mystérieusement, il a remis le tout dans sa poche, pêle-mêle avec la toupie et le chapelet. J'étais stupéfié. Timidement, je me suis informé de la provenance de sa fortune. Il n'a point répondu.

— Va demander à ta mère la permission de sortir avec moi, je veux t'amener quelque part, a-t-il dit.

Au bout de cinq minutes, épaule à épaule, nous courions dans le matin en direction des chutes, nous observant l'un l'autre à la dérobée. Il avait ses poches bourrées d'oseille. Il m'en a offert et j'en ai mangé sans faire la grimace car je connaissais cette plante.

— Il paraît que tu sais beaucoup d'histoires drôles, toi ?

— Moi ?

— Avec des géants et des fées ?

Je ne savais que répondre. J'ai dit :

— Oui, j'en sais, mais maman et Charles Bédard en savent beaucoup plus que moi.

À la façon d'un enfant qui demande la charité, en souriant comme s'il demandait son chemin, Fidor a dit :

— Donne.

J'ai deviné que son existence devait être triste à périr. J'avais un peu honte de n'être pas riche de quelques misères.

— Donne tes histoires, a-t-il répété.

— Je te les raconterai si tu me dis les tiennes, lui ai-je répondu.

Nous courions dans le matin, épaule à épaule.

— Il y a trois semaines, la cigogne est venue chez nous porter une petite fille qui ne pleurait pas...

Fidor m'envoya ces mots et je devins tout ému comme la surface de l'eau quand il pleut.

— Ensuite ?

— Parce qu'elle ne pleurait pas, elle est repartie...

Il a jeté deux ou trois coups d'œil rapides vers le firmament, et il a dit :

— Elle n'était pas normale... Il va falloir que tu me racontes tes histoires de fées, tu vois ? Et peut-être, a-t-il ajouté, je te dirai comment on attrape une étoile filante.

J'étais ému comme un scout à son premier tour de canot en rivière, quand le guide dit : « On part, tenez-vous ». La vie de Fidor devait ressembler à une de ces rivières ordinaires qui soudain fait un cercle immense dans les tumultes pour cacher un lac ; une rivière dont les bords tantôt remplis de joncs cachent des nids d'outardes, et tantôt nus et larges comme une piste d'envol rejoignent l'horizon. D'étranges et rares pensées devaient rôder sous ces cheveux de foin mûr...

À ce moment nous longions la vallée, laissant notre rue pour arriver près des pelouses et des jardins de la manufacture de pulpe, sise entre la côte du petit lac et les bois de la Saint-Maurice. À gauche d'une riche maison (le château des propriétaires de l'usine), s'étendait un champ de pacage qui limitait la forêt. Là, nous nous sommes cachés et Fidor a sifflé trois fois. À quoi devait donc aboutir cette mystérieuse course ? Soudain, de la prairie a bondi un *poney* roux avec la lune blanche dans le front. Naseaux bien ouverts, piaffant de gentils coups de sabots, saluant comme s'il eût été dans l'arène, il s'est approché. Quel magicien était donc Fidor ?

— Regarde-le, me dit-il doucement sans surprise.

Le petit cheval, cou en arc, poitrail bombé, a couru vers nous. Fidor a plongé ses doigts dans le crin épais, lui a gratté la gorge avec ses ongles en me regardant. Il a sauté dans le clos ; l'animal, sans hésiter, lui a donné ses pattes une par une. « Mets ta tête sur mon épaule », a-t-il dit, et le petit cheval a appuyé sa tête sur l'épaule de son ami. Revenu sur la clôture, Fidor a dit en collant les yeux sur la bête :

— Depuis deux ans que je corde le bois chez les autres et porte des messages par la ville ; j'ai pelleté des tonnes de neige, j'ai été *water-boy* dans la construction de la route, j'ai risqué ma vie en peinturant le mât chez les Anglais...

Il s'est arrêté.

— Pour lui ?

— Oui, m'a répondu Fidor. Il est vendu, il s'en va tout à l'heure.

C'était la première vraie peine que l'on me confiait. J'en étais bouleversé et ravi. Depuis deux ans, Fidor apportait chaque jour à l'usine le dîner à son père ; c'est ainsi qu'il avait pris l'habitude de passer près du clos. Du maréchal ferrant chargé des écuries, il avait su la vente de Tacheté qui, jusque-là, avait appartenu aux petits Anglais du château.

— Un camion va venir le prendre. Des riches l'ont acheté.

Il monologuait lentement comme s'il avait été seul. Le petit cheval, un pied en l'air, le guettait, surveillait ses paroles, semblable à un dessin pour enfants.

Un homme à cheval a paru soudain du côté des écuries. Fidor et moi avons reculé derrière les premiers arbres du bois. Le cavalier a passé à dix pieds de nous au grand galop de sa monture, a fait peur au *poney* qui s'est enfui en hennissant vers les étables. La barrière s'est refermée. On a entendu le bruit d'un gros camion qui se déplace, des mots en anglais, des ordres, un piaffement sur des planches, une porte avec un bruit de chaînes. Quelques minutes plus tard, le camion sortait par devant le château, disparaissait sur la route en soulevant beaucoup de poussière.

C'était fini. Fidor lançait des poignées d'herbe à terre en disant :

— Quand on est pauvre !

Pouces aux poches, il avait une attitude qui demandait : « Veux-tu, nous serons deux amis, parce qu'il y a tellement de souffrances à avaler ? » Ma réponse était nette. Tête basse, nous avons dénoué notre chemin. Près de l'entrepôt Grandlac, il m'a confié en haussant les épaules comme un philosophe :

— Ça s'en vient tranquillement.

— Qu'est-ce qui s'en vient ?

Avec son poing, il a frappé devant lui un bon coup comme dans le front d'un ennemi qui l'attaquait :

— La brutalité, dit-il. Tu vois ? Peut-être...

— Peut-être... quoi ?

— Nous ne serons pas toujours des enfants !

Comme un mioche sur l'épaule de son père entrevoit vaguement la parade qui passe là-bas, le premier, Fidor me fit entrevoir au loin le spectacle confus, rythmé et dur d'un peuple en marche où je devais entrer un jour, une sorte de scène inévitable, attirante et cruelle où l'on va chacun son tour essayer ses forces. Et j'ai connu le pincement dans le ventre, ma première crainte mêlée d'un violent désir de me battre, aussi ma première soif de nouvelles hors de la maison. Il marchait à ma droite, vainqueur, superbe, le torse bombé sous un gilet en loques, jambes nues, éraflées comme un héros qui revient d'un lointain massacre. J'ai emboîté son pas, et j'ai respiré moi aussi jusqu'au fond, et j'ai branlé les bras en marchant : gauche, droite, gauche, droite, nous serions deux amis, il m'apprendrait le nom de toutes les étoiles.

Le soir de cette journée, il faisait tiède, la nuit était belle avec une lune baignée dans un nuage. Dans mon lit, enveloppé d'un étrange tourment, je pensais à lui et à la cigogne.

Soudain par la fenêtre ouverte, j'entends une rumeur au loin, un chœur de voix d'enfants qui chante au son d'une musique. Vite, je file hors de ma chambre et me glisse en jaquette blanche sur la véranda, notre cabane de pilote au-dessus des remous. Quelqu'un m'avait devancé : Lédéenne était là, dans un coin.

— Qu'est-ce que tu fais ? lui ai-je demandé durement.

— Je regarde.

Alors nous nous sommes penchés et nous avons aperçu Fidor coiffé d'un chapeau de papier rouge comme ceux des bouffons, précédant une parade de gamins en jouant une étourdissante marche sur une grosse musique à bouche toute brillante. L'air gai, tapant des talons, roulant des cris rauques sur le repos des gens, il semblait défier nuit et silence. Les gamins, figure barbouillée de chocolat, brandissant des torches et lançant des pétards, suivaient leur chef en sautant comme de joyeux drilles échappés d'une noce.

— Pourquoi fête-t-il ? demanda Lédéenne.

Pourquoi Lédéenne voulait-elle savoir ? Qu'avait-elle à se mêler à cette revanche de Fidor ? Comme un petit patriote qui regarde passer une petite révolution, je tremblais, comprenant... Avec douceur, je me suis approché de ma petite sœur et lui ai dit :

— Son rêve...

Et j'ai soufflé un petit coup, comme quand on éteint un cierge. Elle a compris mieux qu'une grande personne et a hoché la tête tristement. La bande, enivrée de tapage, a tourné dans la ruelle, en fuite devant l'aube. Lédéenne s'est retirée. Je l'ai suivie. Sous la veilleuse du corridor, elle m'attendait dans ses petites pantoufles. La chevelure plein la gorge et son petit doigt en avant, elle m'a posé cette question :

— Qu'est-ce qui va arriver demain ?

— Comment, demain ?

Ensemble nous avons regardé les ténèbres sur la galerie, tout en écoutant respirer les autres qui dormaient.

— Je ne sais pas.

— Ni moi, dit-elle.

Je suis venu tout près de lui raconter l'histoire de la petite fille qui ne pleurait pas, mais ce ne fut pas nécessaire. À reculons, elle est entrée dans sa chambre. Elle m'a regardé : elle avait compris. Secrètement nous venions de signer un pacte : nous étions trois maintenant contre toute la rue, contre toute la ville, contre toute la Terre. Fidor était venu nous porter quelque chose de plus précieux qu'une graine d'un fruit qui donne cent pour un : son chagrin. Il faudrait que ce soit réciproque. Nos prochaines peines seraient déposées au fond de son cœur.

Sans nous le dire, il fut entendu que dorénavant nous allions nous partager joies et tempêtes tout le long de la route, comme des petits soldats qui partent pour une mission dangereuse. Je me suis endormi, rêvant que je savais déjà l'art de déchiffrer les messages dans les poteaux télégraphiques.

Le lendemain, après le dîner, Anne-Marie a demandé à Lédéenne et à moi :

— Qu'aviez-vous à vous lancer des yeux durant tout le repas ?

Ah ! Nous nous lancions des yeux ? Je ne m'en étais pas rendu compte. Lédéenne s'est haussée sur la pointe des pieds et à dit à Anne-Marie :

— C'est à cause d'hier soir sur la véranda.

Puis elle a entraîné notre grande sœur dans un coin du salon et lui a raconté que Fidor était notre ami. Anne s'est mise à son piano quand elle a été seule et, tête renversée, elle a joué des airs remplis de cris, comme des voix qui allaient à droite et à gauche, demandant un ami pour elle aussi.

Quelle trouvaille ! Nous avions un ami, un petit Acadien pauvre, l'acrobate du canton qui nous avait laissé voir sa peine aussi lourde que celle d'un homme. Le signal était donné. Nous étions mûrs pour tâter des épreuves.

Alors nous sommes sortis pour la visite des petites gens, nos pareils. Fidor a été mon guide à travers les coulisses merveilleuses où nous avons fait la connaissance des petits métiers éternels : boucher, boulanger, plombier, cordonnier...

La deuxième maille à cette chaîne qui devait être notre amitié fut soudée à la forge du village, chez Bérubé, l'homme de fer qui savait des chansons douces.

IV

Quand papa décrochait sa casquette, enfilait ses gants de cuir en annonçant : « Je vais chez Bérubé », moi aussi, je mettais ma casquette et joyeusement je le suivais à l'étable. Il attelait un de ses chevaux à l'*express*, voiture de travail, et, au petit trot, nous allions chez Bérubé le forgeron, pour faire ferrer le cheval ; papa assis en avant, jambes pendantes ; moi debout sur la pôle qui dépassait derrière la voiture, d'une main grippant l'échelle et de l'autre essayant de toucher le soleil. Nous passions ordinairement devant chez Fidor. La semaine dernière encore, cela me laissait indifférent, mais voilà qu'aujourd'hui ce n'était plus la même chose. Un « siffle » pointu et court, Fidor me reconnaît tout de suite et vient me rejoindre au galop, bras en avant, comme si, de sa fenêtre, il avait guetté mon passage... nous étions deux. Je connaissais sa maison qui était haute, branlante, comme fatiguée, une maison d'ouvrier où, au troisième étage, les soirs de chaleur, l'on jouait de l'accordéon en tapant violemment du pied.

— C'est ma maison, me dit-il, à l'aise et heureux comme un riche qui aurait dit : « C'est mon palais. »

Il habitait au deuxième parmi toute une marmaille de frères et de sœurs. Sous une corde remplie de linge, nous en voyions courir et piailler deux ou trois.

— Tu vois le rond dans le mur ?

Je voyais le rond qu'il me désignait dans le mur de sa maison.

— C'est ma fenêtre.

Elle me parut comme un hublot ouvert au paradis, escale de cigognes et des oiseaux de lune aux ailes feutrées et bleues...

— Tu viendras un jour, me promit-il.

J'anticipais ce moment où il me serait donné de pénétrer dans la demeure d'un simple journalier qui, le soir, faisait de la menuiserie pour les voisins afin de boucler son budget.

Nous voilà donc en route vers la forge. La forge de Bérubé. L'odeur de corne et d'acier trempé. Décor viril qui donne la chair de poule aux délicats et aux femmes. Le soufflet magique, le foyer sous la braise, la cuve d'eau qui avale les fers rouges en lançant des nuages, les barils de clous, sièges des vieux à la pipe, retirés de l'action, qui vont pour guetter dans les flammèches des étincelles du temps jadis. Le bras poilu de Bérubé qui frappe l'enclume dans un éclaboussement de gerbes. Sa main forte comme une gueule d'ours empoignait la patte d'un cheval et ne la lâchait plus ! « Range-toi, le bleu, donne ton pied que je le peinture. »

Combien de fois par la suite, Fidor et moi, assis dans l'escalier noir du coin de la forge, parmi les fers, les bandes d'acier et les gros marteaux rognés, avons-nous rêvé d'être un jour forgerons, d'avoir une casquette graisseuse, un tablier de cuir et une moustache en balai ! Vernir les sabots d'un cheval avec un pinceau, les mettre luisants comme des bottines de magasin, chausser de neuf un bon serviteur ! On nous permettait quelquefois de tourner le soufflet, et du néant bondissaient des étoiles rouges !

En travaillant, Bérubé chantait toujours : « *J'ai pas choisi mais j'ai pris la plus belle.* » Fidor et moi croyions qu'il était l'auteur de cette chanson et nous étions bien heureux pour lui. Il regardait souvent par la porte dans la direction d'une proprette maison blanche qui devait être la sienne, d'où sortait de temps à autre une femme belle qui devait être la sienne. « *J'ai pris la plus belle* », il avait raison. Et sa chanson frêle parmi les pan ! pan ! terribles du marteau, semblait un oiseau pris dans la guerre.

Il était grand ami de mon père, réputé homme fort, atout précieux dans les jeunes villes, qualité bien vue en tout cas des forgerons.

Une fois, à notre insu, notre chien, à qui il était défendu d'escorter la voiture, avait désobéi et nous avait suivis jusque chez Bérubé. Le chien de Bérubé, un bouledogue puissant aux pattes d'avant en parenthèses, au nez aplati et aux oreilles de lutteur, s'est avancé, méprisant. Notre danois, de nature calme et douce, s'est laissé dévisager. Il a salué, l'autre a répondu par une polissonnerie. Bon. Chaque fois que le nôtre voulait causer, l'autre crachait cyniquement en examinant cet intrus de la rue Claire-Fontaine, qui savait conserver son sang-froid, malgré les intimidations et les grimaces. Alors, est arrivé ce qui doit arriver quand deux orgueilleux se rencontrent : la guerre. Ce fut une épouvantable bataille de chiens, comme je n'en ai jamais vu une deuxième, et qui ressemble singulièrement à une bataille d'hommes quand elle est juste et loyale.

— Une bataille dehors, et deux beaux lutteurs ! criait-on.

Le travail à la forge avait cessé. Le cheval que l'on était à chausser, un vieux percheron sourd, connaisseur en batailles de chantiers, s'est passé la tête par le carreau pour assister au spectacle. Les deux hommes, papa et Bérubé, essayaient en vain de séparer les ennemis. Le bouledogue n'avait pas de queue et papa n'osait tirer sur la queue du nôtre parce que ce n'était pas franc, disait-il.

Voilà que notre danois se couche sur le dos, truc qu'il sortait dans les situations archidangereuses. Il se recroqueville — moi je me bouche un œil avec ma main — plante ses griffes dans le poitrail du bouledogue et vlan ! Le bouledogue pousse un hurlement qui attire les badauds de trois rues plus loin, mais il ne lâche pas prise ; il tenait bien ce qu'il tenait, ce quadrupède. Le danois recommence, deux, trois, quatre fois. Chaque fois le cri de douleur, chaque fois le sang qui coule des deux côtés. Les badauds, de plus en plus nombreux, accourent comme à une fête tragique.

Bérubé, inquiet pour son chien, essaye le fer rouge (un petit coup de pique rapide), mais les lutteurs enfiévrés semblent immunisés contre la douleur. L'odeur de poil grillé flotte devant la forge. Maintenant les guerriers se tordent dans la poussière : on aurait dit des guenilles dans un remous. Papa arrive avec une chaudière d'eau froide qui fait effet deux secondes, deux secondes seulement et, de plus belle, les ennemis foncent l'un sur l'autre à la façon de deux chèvres. Alors papa jette sa chaudière au loin, s'avance les dents serrées et, calmement comme il fait toutes choses, saisit les colliers et les tord à étouffer les bêtes. Avec grands efforts, il sépare les gueules qui se tiennent l'une dans l'autre pareilles à deux paires de tenailles. Les badauds applaudissent : c'est à se croire à un numéro de cirque sous la grand-tente. Soudain, le bouledogue, écume à la bouche, cherche la main de mon père. Les gens poussent des oh ! effrayés... Le chien s'élance. Fidor aussi ; et c'est une courte bataille entre eux deux.

Fidor enfile une poche sur la tête du bouledogue. Personne ne crie plus. L'animal est maîtrisé. Fidor, à ses risques, vient de se coucher dessus. La main de papa saigne un peu.

Bérubé empoigne sa bête folle de rage et disparaît dans la forge. Papa enchaîne notre danois sous la voiture, lui administre une pluie de coups de pieds et roule solidement son mouchoir autour d'un commencement de morsure. Le docteur Réal, sur les lieux depuis quelques minutes, vient examiner la blessure et amène mon père à son bureau situé à deux pas.

Fidor l'avait sauvé. Sans lui, c'eût été le venin empoisonné peut-être, et l'on se mit à raconter qu'un homme était mort de cela dans les années d'avant. Fidor tremblait un peu. Il était pâle, épuisé, mais content. Quand mon père reparut dix minutes plus tard avec sa main enveloppée qu'il exhibait comme une décoration, il s'est approché de Fidor et lui a tapé dans le dos sans parler. Fidor était confus. Tous les yeux étaient tournés vers lui, moi je l'admirais secrètement. Les deux chiens, chacun dans leur camp, la gorge labourée de plaies, se montraient quand même les crocs et crachaient superbement comme deux puissances qui se demandent chacune pourquoi l'autre existe. De la proprette maison blanche, la femme jeune et belle était sortie pour saluer Fidor en lui touchant le menton. Le forgeron, en s'épongeant le cou, félicita aussi mon ami et glissa à sa femme :

— C'est lui qui a tout sauvé. Fidor, qu'il s'appelle.

Elle l'a regardé longuement de ses yeux de velours, d'où sortaient de troublantes clartés.

Le retour de la forge, cet après-midi-là, avait été pour Fidor comme un retour d'estrade quand le champion va chercher sa coupe. Papa, peu bavard, lui avait dit :

— Tiens. Mène le cheval.

Fidor avait pris les cordeaux et fièrement avait conduit le cheval jusqu'à la maison. Lédéenne nous guettait sur la galerie. Elle nous voyait ensemble pour la première fois. J'avais hâte de tout lui raconter, mais Fidor m'a soufflé à la façon des héros :

— N'en parle pas, si tu veux.

La petite fille s'est bien doutée de quelque chose en voyant notre chien si misérablement brisé. Crânement, gentiment, comme seule peut le faire une femme, elle a forcé Fidor à raconter les incidents de la forge. Fidor, d'une agilité de chat, s'est exécuté avec force coups de poings dans le vide, force gambades et mimiques, mais il a omis la plus belle partie : celle du sac sur les yeux. Je fus obligé de la raconter. Mon récit terminé, Lédéenne a tiré la révérence devant lui et s'est mise à rire en cascade ; je me suis mis à rire aussi, et ensemble nous avons vu rire Fidor, qui ne riait jamais. Véritablement, nous étions trois amis. Malheur à qui oserait nous barrer passage. Entre Lédéenne et moi, marchait un garçon qui avait vaincu un bouledogue enragé.

L'histoire se répandait dans le canton. Les enfants s'approchaient de Fidor pour le voir de près. Mais brusquement, il leur tournait le dos, pirouettait par-dessus les clôtures et s'échappait au loin à travers les obstacles. En sécurité sur les toits de granges, il repassait sa science des étoiles ! Le soir, papa lui a dit :

— Viens avec moi.

Il l'a amené chez monsieur Gravel, un épicier riche qui, par goût, faisait l'élevage des chiens de chasse. Ouvrant un grand panier rempli de jeunes chiens de race, noirs et intelligents, il commanda :

— Choisis.

Fidor, muet, tremblant, avait pointé le plus frêle, celui qui lui semblait le plus triste. Mon père l'a sorti du panier, l'a remis à Fidor et, adoucissant la voix :

— Appelle-le Chanceux. C'est à toi.

Le gavroche, plus heureux qu'un pauvre à qui l'on vient de donner une bourse d'or, a roulé sa récompense dans une casquette, l'a collée sur son cœur et à reculons s'est éloigné.

*

* *

Ce sont les journaliers du village qui, un beau samedi de mars, travestis en vendeurs d'illusions, nous ont naïvement révélé la poésie, nous ont publiquement donné la permission de rêver, nous ont prouvé avec leurs gambades et à leurs cabrioles que laisser la rue n'était pas insensé, qu'au contraire, il était normal et utile à l'homme d'aller dans le merveilleux de temps en temps, de se réfugier au creux des chimères pour se désaltérer ou pour oublier.

C'était le samedi après-midi à deux heures ; pour les enfants, ça coûtait dix sous et ça venait une fois par année, au mois de mars, à la fête de monsieur le curé.

Théâtre ! Mot magique ! Quel heureux temps !

Dès midi, nous étions aux bouches de la salle paroissiale pour assister à l'arrivée des acteurs. Monsieur Duhaume, notaire, l'acteur au lorgnon, venait le premier, suivi de monsieur Chiasson, basse profonde, l'interprète des pères nobles. Le barbier du village jouait d'ordinaire les jeunes premiers, l'épicier monsieur Gravel, les gendarmes. Monsieur Raymond et beaucoup d'autres dont les noms m'échappent se succédaient par la porte de service. Soudain un cri partait, déclenchant un murmure contagieux comme l'électricité :

— Le voilà, c'est lui !

Toutes les têtes s'étiraient. De tous les côtés les mains tiraient les blouses des voisins :

— Regarde !

Gaspard Lavoie, au corps léger, coiffé d'un chapeau mou, noir, relevé sur le front, sa pipe croche, ses joues maigres, s'avance les yeux par terre comme s'il avait du chagrin. Notre comédien Gaspard Lavoie, plombier de son métier, notre héros, cet homme aux mille corps et âmes ; il passe lentement, nous envoie la main timidement comme si nous le gênions, et disparaît par la porte qui conduit aux coulisses. La porte est fermée depuis quelques secondes que nous la fixons encore, bouche bée, nous demandant bien ce qu'elle cache. Des miroirs ? Fidor dit : « Des pauvres qui boivent du vin » ; mon frère le deuxième : « Des escaliers qui descendent à la mer » ; Lédéenne affirme qu'il y a des écharpes tissées dans des chevelures. En réalité, traînent là des souliers de gnomes à bouts retroussés, des échelles qui conduisent à la lune, des mantes de lutins, des masques vivants, tout ce que l'on veut. Gaspard Lavoie possède la science de se transformer en banquier, en pirate, en draveur, en prêtre, en seigneur ou en vagabond ; il connaît les fées et converse avec elles ; il assoit sur ses genoux le vrai Chaperon rouge, donne des ordres au Chat botté... derrière cette porte. Gaspard Lavoie ! C'est lui que nous singeons une partie de l'année. Ses compositions, ses gestes, son rire et sa façon de marcher, sont mêlés à nos prouesses.

— Te souviens-tu de la scène avec sa perruque rouge ? recommençons-nous à chuchoter pour la dixième fois. Ses bas jaunes, sa longue blouse carreautée et son tic d'idiot ?

Nous nous rappelons la pièce de l'an dernier et cette scène où, cherchant les mots dans le plafond avec des yeux stupides, il tournait un bouton de sa veste comme ceci...

Notre dix sous bien serré dans le creux de la main, piétinant, nous attendons l'ouverture des grandes portes. Dans notre tête, une belle dame (la femme du forgeron peut-être, à la prunelle si luisante) chasse d'un coup d'éventail les ogres qui se bousculent... Isabeau, le long de son jardin, nous sourit... Quelle fête ! Nous sommes rois, héros, conquérants et, dans les places publiques, marcheurs sur les mains ! Je distribue des faveurs : Lédéenne est reine, Fidor, chevalier, tenant deux lions au bout de ses bras, et mon frère le deuxième joue sur des orgues fabriquées à même des forêts de chênes !

Enfin les portes s'ouvrent ! Quatre par quatre, sans ordre, sans discipline, malgré les cris des portiers, nous nous précipitons dans la salle et hop-là, échappant notre casquette, notre dix sous, la main de la petite sœur, nous enjambons les chaises ; dans un vacarme épouvantable nous nous tassons aux belles places, essoufflés, les narines en feu, les yeux perdus dans la demi-obscurité. « Citoyens, chargez ! Citoyens, venez voir Ti-Jean le Barbu, Payse, Bédard ! » Tous les noms de nos idoles passent dans nos cris. « J'ai deux montagnes à traverser, deux rivières à boire ! » hurle mon frère le premier.

La toile, éclairée par une lueur rouge venant de la rampe, nous renvoie ses deux maisons blanches bâties près d'une chute. Au-dessus il y a cette devise : « Aime Dieu et va ton chemin ». Parfois la porte de droite conduisant à la scène s'entrebâille et, dans un clin d'œil, filent une tête maquillée, un vêtement de couleur, l'éclair d'une épée. Ah ! si le cœur nous bat ! Surtout à chaque tremblement de la chute ! il semble que l'eau va sortir de la toile et se mettre à couler pour vrai. Applaudissements sans raison, rires énervés, fausse alarme, qui n'a pas connu de ces belles impatiences est bien à plaindre. À tout moment, avec des voies de tragédies, nous nous informons de l'heure auprès des placiers et commandons le morceau de piano d'ouverture.

Ça y est ! Les lumières s'éteignent toutes. On ferme les portes d'entrée. Les trois coups ! Ah, les trois coups ! Trois jets de sang dans les tempes. Les conversations et les souffles baissent comme la marée qui s'éloigne. Et lentement, lentement le rideau monte, pied par pied. Nous sommes plongés en pleine nuit de rêve, poings sur les chaises et dents prêtes à mordre. Je sens encore la main de Lédéenne me presser le poignet doucement, et j'entends dans mon oreille sa petite voix :

— J'ai peur !

Fidor, cou tendu, yeux ronds, la lèvre en grimace comme celle de l'acteur, avale à grandes bouchées. Ce soir, au souper, il couvrira la table de poésie, la réalité en sera toute cachée pour un moment...

Et que voyons-nous ? La lueur d'un fanal clignote dans la coulisse. Un individu habillé de sombre, casquette sur les yeux, se faufile en scène un couteau à la main. Un laquais, doigt sur la bouche, suit de loin en faisant des cabrioles si légères et si longues. C'est lui Gaspard Lavoie. Plusieurs enfants étouffent un cri.

— Il arrive un grand malheur au bouffon que je suis ! dit-il.

Puis il s'en va. Étranges et délicieux frissons qui nous courent dans le dos. L'éclairage change. Un salon très chic sort de l'ombre. Les châtelains inquiets ne cessent d'interroger la route par la croisée. Il se passe un long

moment. Gaspard Lavoie, en colère, apeuré, rouge, soufflant, arrive et s'informe :

— Est-ce vrai qu'on a enlevé votre fille ?

Les maîtres, visiblement exaspérés par la présence
de ce domestique impertinent, lui commandent de sortir.
Gaspard Lavoie roule le bouton de sa blouse encore, boite
drôlement, trébuche sur la malle de monsieur. Ses appa-
ritions sont trop courtes, quel meneur ! L'éclairage s'obs-
curcit, tout devient vert, mais d'un vert de cauchemar. Le
bouffon s'avance. Tristement, dans un monologue, il nous
dévoile son amour pour la belle fille, sa grande détresse
d'être si laid et si pauvre, puis il disparaît la tête basse
dans un couloir rempli de ténèbres. Nous avons bien hâte
de connaître la beauté qu'il chante ; en attendant, nous
pleurons avec lui.

Plus tard, dans un autre tableau, nous voyons monsieur Gravel, le gendarme, achever son enquête, questionner les parents sur les allées et venues de la malheureuse.
Soudain, grand bruit dans la coulisse. Tous les visages se
braquent dans la direction des cris, et, entre en scène un
Gaspard Lavoie vainqueur, heureux, lancé comme une
toupie, drôle jusqu'à en être bête. Il pousse devant lui un
homme vêtu de sombre, à figure louche, et le remet
comiquement au gendarme. Alors un halo bleu plonge à
droite et la fille, vêtue comme les anges, belle comme
nous l'a décrite le bouffon, un peigne d'ivoire sur la
nuque et des anneaux de perles aux oreilles, paraît. Tout
son corps irradie des parfums. Elle embrasse ses parents
avec effusion, touche les meubles d'une main caressante,
remercie le domestique de lui avoir sauvé la vie et lui
demande coquettement de courir chez son amant, porter
l'heureuse nouvelle de son retour.

La figure de Gaspard Lavoie se ferme comme s'il

recevait une taloche en plein visage. Il se dandine sur un pied, les yeux dans le vide et se retire, perruque de travers, en chantant cette phrase qui nous a hantés bien longtemps :

— Je m'arracherai le cœur parce qu'il me fait trop souffrir !

Puis il laisse la place à l'amant, joué par le barbier (très élégant dans son costume de velours vert, portant jabot et perruque blanche), qui de la voix et du geste entraîne sa belle vers le bonheur où luit un soleil d'or.

Un certain soir de mars, la représentation finie, nous nous sommes hasardés, deux camarades et moi, jusque derrière la scène pour regarder de près Gaspard Lavoie. La petite porte d'une loge s'ouvrit ; je me souviens d'avoir entrevu sur une tablette parmi les pots de crème sous une veilleuse rouge, la poignée d'une épée ; pour la toucher, j'aurais donné tout ce que je possédais. Soudain nous aperçûmes notre idole qui venait. Il nous frôla et descendit à la course en s'excusant. Son visage était encore tout maquillé, des sueurs perlaient sur son front et ses joues. Un acteur nous avait dit :

— Allez-vous-en. Laissez-le tranquille, sa petite fille est malade.

Gaspard Lavoie avait donc des chagrins pour vrai ? Nous aurions voulu les partager avec lui. Il s'en fut seul vers sa petite fille. Après chaque pièce, je me hâtais de rentrer à la maison pour tout raconter à maman. Presque mot pour mot, mimant les personnages, gambadant dans la cuisine, je recomposais les scènes. Mais cette année-là, rendu à : « Je m'arracherai le cœur parce qu'il me fait trop souffrir », j'ai demandé à maman s'il se pouvait qu'un homme fît cela à cause d'une femme. Elle me répondit, un peu perplexe :

— Tu auras bien le temps de savoir.

S'arracher le cœur ! J'ai posé la même question à ma deuxième sœur, et elle s'est éloignée de moi en riant de toutes ses dents éclatantes. Celle qui cravachait les fougères me répondit :

— Peut-être que nous sommes des démons, nous les femmes !

Anne-Marie, à qui j'avais posé ma question, m'a entraîné au piano et a joué *Plaisir d'amour*... en récitant les paroles avec sa voix tendre. Je ne comprenais pas cette chose compliquée : l'amour.

— Si tu avais à t'arracher le cœur pour une femme, le ferais-tu ? avais-je finalement demandé à Fidor.

Il s'est mis à rire hautainement en tournant le lasso autour de sa tête.

— Moi ? Jamais ! m'a-t-il crié avec grand dédain ; mais se ravisant soudain, plus bas, il a murmuré : « Peut-être ».

Et comme Gaspard Lavoie, il s'est dandiné sur un pied et a fait une cabriole. Il ne savait rien de l'amour. Ni Lédéenne qui prenait des airs de malheureuse, ses fossettes pleines de rires et ses yeux ruisselants de bonheur. Un homme qui aurait sans doute pu nous répondre, c'était le forgeron... mais, c'eût été sottise de poser la question à un homme si heureux et si doux. Que nous importait d'ailleurs ! Le temps était notre lot, et nous étions amoureux d'une chose qui vaut bien l'amour... Arlequin l'immortel ne nous eût pas détestés !

V

À cinq milles environ de la ville, par delà une vieille rivière toute croche, au pays des ours, des bleuets et du vent neuf, papa avait acheté un lot.

Comme un moine fouille la montagne pour découvrir le rocher connu de personne, où il déposera en cachette son surplus de prières, ainsi un ancien défricheur aime à posséder bien à lui un coin de forêt sauvage, où il ira passer sa rage de bâtisseur. Ce lot, papa l'avait choisi dur et farouche dans les ronces et les « fardoches », loin des yeux, pour le plaisir de se rappeler ses débuts et de se colleter avec un adversaire digne de lui. La ville était bâtie, divisée, prospère, en voie d'amélioration. Sans une attache à un morceau de friche, papa aurait déserté. Être citoyen comme un autre ne le comblait pas. Le couronnement d'une vie, d'après lui, ne consistait pas dans la possession mais dans le dépouillement qui permet le risque, cette joie des forts. Son père lui avait transmis la haine du facile. Joyeusement il tournait le dos au monde confortable. D'ailleurs, la chanson qui parlait des savanes à nettoyer, de villes à faire avant la nuit, lui avait tenu lieu de feuille de route, tout le long de son existence.

L'Irlandais au dos rond et lui partaient souvent pour la fin de semaine sur une grosse voiture chargée de câbles, de planches, de provisions roulées dans des toiles, d'outils, d'une partie des « gréments » à chantier qui dormaient au-dessus de l'étable. Ils entraient dans l'inconnu comme des conquérants rebelles en route vers les îles vierges... Puis on les voyait revenir fatigués, silencieux, mais contents, repus, nourris.

— Pas encore, pas encore, ce n'est pas prêt ! nous répétaient-ils chaque fois que nous quémandions pour les suivre.

Nous les reconduisions jusqu'au coin de la rue Claire-Fontaine et là, debout dans le tournant, un doigt sur les lèvres et l'imagination précédant la voiture, nous regardions s'éloigner l'équipage des coureurs d'aventures, des défricheurs volontaires, et nous étions jaloux des oiseaux des poteaux rouges qui étaient libres de les accompagner. Une fois, papa dit :

— Demain vous venez.

Ce fut une explosion dans la cuisine !

— Mais seulement les garçons, ajouta-t-il.

Quel désappointement pour les filles, mais pour nous quelle joie et quel brouhaha dans la maison durant toute la veillée ! Je préparai mes vêtements les plus durs à la misère ; je posai deux élastiques neufs à mon tire-roches ; mon frère le premier affila son couteau sur une pierre ponce, huila ses bottes en sifflant à nous étourdir ; le deuxième courut chez l'épicier acheter des mouches pour la pêche à la truite, puis il dénicha dans le hangar une vieille casquette de cuir et un sac à pêche en jonc qu'il cacha jusqu'au lendemain. Tous nos vêtements en ordre sur nos chaises, nous nous endormîmes très tard, ce soir-là, cerveau ouvert à toutes les fantaisies, plongés jusqu'au cou dans des découvertes extraordinaires.

Le lendemain, au petit jour, Fidor assistait à notre départ. Malgré nos instances, papa avait refusé qu'il fût de notre compagnie, prétextant : « Nous ne savons pas quand nous reviendrons ». Fidor se résigna sans amertume comme un enfant qui a l'habitude. Souriant, casquette au bout du poing, il nous souhaita bon voyage. Je lui promis d'ouvrir de grands yeux et de poser beaucoup de questions pour tout lui raconter au retour.

Trois jours francs ! La vie des bois ! Comme les premiers, comme Barbu, comme dans les histoires du tailleur de polichinelles Charles Bédard ! J'allais peut-être apercevoir, entre deux gros rochers, le château du seigneur où avait tant pleuré la rivale de Payse ? Et Ti-Jean le Barbu, s'il n'était pas mort ? Tout à coup je le verrais, serré dans son habit de coureur des bois, au galop sur les pierres, sa main levée vers moi ? Il nous chanterait une chanson ? Et un peu plus loin, je croiserais Bénédicamus et Domino, les deux courtisans graves et dédaigneux, pédants et malhabiles, chargés de paquets, courant déposer leurs hommages aux pieds de la fille à la fenêtre ? Bénédicamus : long, maigre, précieux, fat, nez au vent, avec ses os qui craquaient à chaque pas, tel nous l'avait décrit maman ; et Domino : gros, court, rond comme les deux o de son nom, soufflant, suant, courant. Qui sait ? ces héros des contes de maman habitaient peut-être au canton Mayou, sous les bouleaux feuillus, au fond d'une ancienne cache d'ours ?

Mon frère l'aîné, assis entre l'Irlandais et papa, conduisait le cheval. Il était fier, faisait son homme, criait « marche » à pleine tête pour attirer l'attention des passants. Le deuxième frère et moi, juchés sur les planches au milieu de la charge, balancés au gré des cahots, humions la route comme des oursons heureux. Après la ville, ce fut le cimetière que papa salua du doigt, et après le cimetière, une côte sablonneuse en zigzag, le long des champs. Je reconnus les deux bœufs de la procession de la Saint-Jean-Baptiste, qui travaillaient à essoucher dans une prairie. De loin, nous vîmes un pont couvert, drôlement bâti, près duquel flânaient des pêcheurs ; puis la voiture tourna dans un chemin invisible, intriguant comme une de ces mélodies qu'Anne-Marie nous jouait pour la première fois.

Marche, marche... Une délicieuse odeur de gomme de pin et de plantes sans nom. Soudain trois oiseaux bleus en avant, comme trois guides. Si quelqu'un m'avait soufflé à l'oreille : « Les fées sont sous la voiture... », je l'aurais cru. Voilà que nous étions en pleine forêt, dans une forêt si haute que les arbres se touchaient au-dessus du chemin. Au sommet d'une côte malaisée, la voiture s'arrêta. Je croyais que c'était pour reposer le cheval, mais mon père dit :

— Ici, écoutez.

D'abord, nous n'entendîmes rien que la fuite d'un lièvre sur les branches sèches... Après quelques secondes, notre oreille découvrit une rumeur lointaine comme un criaillement d'enfants dans la cour du collège. J'étais sûr que les arbres se chicanaient entre eux.

— Sentez-vous ? disait mon père, ça sent l'eau.

Je ne pensais pas que l'eau avait une odeur, pourtant c'était vrai. J'appris à sentir l'eau comme les hommes des forêts. Nous avions bien hâte de vérifier si c'était une chute ou un rapide. Il y avait des pommes de pin dans la montagne, des cèdres qui embaumaient et, dans les *baisseurs*, des noisetiers, verts et frais comme du gazon. Nous fermions la main sur les branches de peupliers, en passant, et la laissions glisser : la touffe de feuilles qui sortaient de notre poing ressemblait à un chou-fleur. Nous appelions cela : faire des choux. À mesure que nous avancions, le bruit de l'eau grossissait. Un autre arrêt.

— Ici, descendez et suivez.

Seuls, les deux hommes restèrent sur la voiture. Papa avec beaucoup de sérieux prit les cordeaux, et l'Irlandais s'accroupit au milieu de la charge, pour tenir le ballant, comme sur un voyage de foin. Qu'allait-il se passer ? Soudain, la voiture et les hommes et le cheval disparurent comme dans un trou ! L'attelage sonnait un bruit de chaînes dans le versant. Je croyais à un malheur, quelque sorcier aurait ouvert la terre... À la course, nous sommes allés voir... Pas du tout, pas de malheur. Ils étaient là-bas, sains et saufs, sur un rivage de pierres, au bord d'une rivière cahoteuse et raide qui lançait des perles froides. Un grand oiseau brun, avec des pattes comme des baguettes et le cou en trombone, rasa la crête des arbres et entra dans l'inconnu, quand il nous vit, en battant des ailes longues comme des cerfs-volants.

— Où allons-nous ? avions-nous demandé à l'Irlandais après avoir repris haleine et les avoir rejoints.

— Là-bas.

— Où ?

Il montrait l'autre côté de la rivière par où venait de disparaître l'oiseau.

— Mais le pont ?

— Il n'y a pas de pont.

— Mais comment ?

— À gué.

— Qu'est-ce que ça veut dire ?

— En marchant dans l'eau.

Tout mon courage s'évanouit. L'Irlandais, un rire plié dans la lèvre, regardait papa à travers ses cils. Le cœur serré et les bras ballants, je restai là, tire-roches dans les doigts et lasso par terre, à fixer la branche tapageuse avec ses cailloux en surface et ses remous qui n'avaient pas l'air franc. J'essayai de chasser cette image de malheur, rôdant sur la rivière. Des douzaines de petits fantômes aux longues manches se pourchassaient dans la vapeur d'écume. Pièges et dangers nous cernaient, me semblait-il. Je nous imaginais tous à la dérive, une main hors de l'eau, roulant entre les crêtes ricaneuses...

Papa sifflait, content. Aidé de l'aîné et de l'Irlandais, il commença à décharger les planches. Les hommes enlevèrent la moitié de la charge puis chaînèrent le reste.

— Montez !

L'Irlandais me posa sur la charge comme on pose un sac et me dit en souriant :

— À gué...

Mon frère le deuxième, blotti près de moi, tenant la chaîne bien serrée dans ses mains, me demanda tragiquement :

— Penses-tu que ça se fait ?

Je restai la bouche entrouverte, n'ayant même plus la force de la refermer.

— On nagera ! cria l'aîné qui faisait le brave, assis en avant.

La voiture décolla, lentement, à pas de chien, en se secouant comme si elle avait le frisson. Le cheval mit les pattes à l'eau et but en renâclant ; puis, les oreilles pointues et le cou en arc, il huma le côté sauvage.

— Prends ton temps, lui disait mon père, prends ton temps.

Le cheval comprenait comme un homme en donnant des coups de tête qui signifiaient : « Laissez-moi réfléchir ». Il prenait vraiment son temps. Petit à petit, les roues touchèrent l'eau à leur tour et se frayèrent un chemin entre les cailloux.

— Bon, ça commence ! dit mon frère en avant, avec une petite voix blanche.

Mon frère le deuxième faisait une lippe qui menaçait d'être contagieuse. J'eus envie de crier, mais le visage de l'Irlandais me parut tout à coup si calme...

— N'aie pas peur, me dit-il, en me touchant l'épaule, comme un dentiste avant l'extraction d'une dent. À gué, c'est gai ? Et puis c'est parti...

Ce fut un cahotement. L'eau touchait l'essieu, l'eau touchait le fond de la voiture, nous penchions à gauche, à droite. Le cheval en avait jusqu'au poitrail ; pourtant il avançait courageux, sûr de son affaire, tirant égal, franchement, et prenait les rapides de biais. Sa queue flottait sur l'eau et partait à la dérive. Papa répétait :

— Prends ton temps. Tu sais quoi faire. Ce n'est pas la première fois.

Cordeaux raidis, talons bien appuyés sur le bord de la voiture et prêts à bondir, il conduisait l'animal dans une route vue par lui seul. Les trois petits oiseaux bleus, amusés, nous attendaient de l'autre côté.

Finalement, après bien des soubresauts et des commencements de vertige pour nous à l'arrière, nous touchâmes l'autre rive. Je ne compris jamais comment cette traversée fut accomplie sans accident. Le cheval sortit vainqueur en hennissant sa force, piaffa sur les roches sonores. Des paquets d'eau volèrent partout lorsqu'il se secoua. Les roues dégouttaient.

— *Whoo !*

La traversée était finie. Mon père en riant détendit ses muscles. Nous étions engourdis, transis, mais soulagés infiniment. Les hommes déchargèrent les planches et sans une minute de repos, retournèrent vers l'autre rive pour y prendre un deuxième voyage de planches.

Assis sur la grève inconnue, examinant les arbres à pimbina que je n'avais jamais vus, avec leurs grappes rouges et jaunes, les cerisiers sauvages, les larges fougères et les lianes tricoteuses, je pensais aux contes de maman où les audacieux étaient si bien célébrés. Je trouvais que mon père avait beaucoup de cette audace tranquille, qui ne veut ni témoins ni public, mais des murs à franchir. J'en étais fier, virilement, sans le dire. Le goût des obstacles me venait à moi aussi, puisque sur un chemin planche, nous sommes tous égaux. (On ne juge pas un homme quand tout va bien.) Ces traversées à gué furent bientôt un autre plaisir d'ajouté à nos prouesses d'enfants.

La partie la plus intéressante du voyage commença sur cette grève inconnue. Quand tout fut rechargé comme au départ, nous entrâmes dans la forêt, de plus en plus mystérieuse. Le chemin, très mauvais, de la largeur du cheval, semé de grosses pierres rondes, ébranlait la charge dans de lourds craquements. Nous longions par moments une coulée dangereuse, au fond de laquelle croupissait une eau morte. Des racines de chicots, comme des serres d'aigle, se tenaient au flanc des roches. Nous suivions les oiseaux bleus. Des branches de cèdre nous fouettaient le visage à tout instant. Les maringouins, ces inventions insupportables au repos et au travail, laissèrent leurs marécages pour nous assiéger. Tout de même, nous ne regrettions pas d'être venus. Jamais !

Après une heure de secousses, papa nous dit :

— C'est là, à vingt-cinq pieds. Nous sommes rendus.

Les vingt-cinq pieds, nous les avons faits, grimpés l'un sur l'autre, intrigués, les sourcils en demi-lune. La voiture s'arrêta. Les oiseaux disparurent. Avec sa pipe croche, papa pointait une petite cabane là-bas, debout, à découvert sur une butte noire. C'était là. Il faisait une grande paix. Ma chair d'enfant savourait jusqu'au fond sa première aventure difficile et robuste. Je sentis que j'avais chaud dans le cou et je voulais courir... courir et crier. La rivière passait à cinquante pieds et hurlait des noms en culbutant sur les roches. Je me mis à courir et à crier plus fort qu'elle. Salut les arbres ! Salut la terre ! Salut les bleuets et les friches ! Salut l'horizon, les nuages frisés, le vent vierge et la bonne vie ! Deux écureuils indignés filèrent sous un tronc d'arbre. Un ruisseau caché ceinturait la butte et se jetait dans le torrent. Salut ruisseau ! À certains endroits, il répondait « salut » avec sa voix de perles. D'un regard nous avions embrassé tout le canton. Les marguerites, heureuses de nous voir, balançaient leur longue tête, sans retenue. De minuscules fleurs blanches à toupet rouge, enlacées dans la mousse, voulaient lier connaissance.

Entre deux collines, mon frère le deuxième, tout heureux, me dit :

— Écoute, je vais te présenter quelqu'un que tu ne connais pas.

Il se mit face à la colline et, mains en porte-voix, il cria très haut :

— Bonjour.

À mon grand étonnement, une voix répondit distinctement :

— Bonjour.

— Tu vas bien ?

— Bien, répondit la voix.

Sur la pointe des pieds, comme quand on s'adresse à un plus grand, mon frère enchanté de ma surprise, fier de ce truc qui m'effrayait un peu, continua le dialogue :

— Canton Mayou.

— Mayou, répéta la voix.

— C'est l'écho, me dit-il. Essaye.

Et à mon tour, inlassablement, jusqu'à ce que mon frère en fût étourdi, je conversai avec la voix cachée dans les bouleaux, qui ne posait jamais de questions.

— Écho.

— Écho.

— Tu es caché ?

— Caché.

— Dis ton nom !

— Non.

Tout en marchant vers la cabane sur la butte, où l'on nous attendait pour manger, je criais éperdument : « écho, écho, écho... » La voix se tut à un certain endroit.

Mon frère dit :

— Si tu veux être son ami, il faut que tu ailles à elle. C'est comme les chutes...

Comme les chutes... Comme les aubes du père Richard.

Cette exigence de l'écho, qui vous fait mériter son amitié, me plut beaucoup.

À l'intérieur de la cabane qui sentait les copeaux et le bran de scie, il y avait un poêle infirme, une table, la batterie de cuisine, et plusieurs vieux lits de camp alentour. Là, au canton Mayou, je connus mes premiers repas et mes premières nuits en forêt, ma première aube mouillée de brume, les soleils d'or se vautrant dans l'herbe sèche, les veillées à la lampe, les pipes qui fument sans bouger comme dans des bouches de statue, la chaudière de boucane à la porte du campement pour chasser les moustiques, la lointaine et longue plainte des loups dans la nuit, comme il est expliqué dans les livres, et, à l'heure des hiboux... le silence de lune.

Le lendemain de notre arrivée, l'Irlandais, qui se faisait une joie de trouver des petits travaux, ramassa une boîte et me fit signe de le suivre. J'obéis. Dans un endroit assez éloigné, qu'il examina longtemps de l'horizon à son soulier, il déposa sa boîte à l'envers sur l'herbe, plaça dessous un très mince bâton autour duquel il mit de l'avoine, et me dit mystérieusement, comme s'il craignait que la montagne nous entendît :

— Ce soir, on viendra ici.

Le soir, à notre visite, la boîte était tombée. L'Irlandais, agité par un flot de rires, glissa sous la boîte un carré de broche à poulet et tourna vivement l'invention à l'envers. À travers les carreaux de la broche, j'aperçus un jeune « siffleux » qui me regardait avec son éternel sourire. J'emportai mon trophée à la maison, aussi fier et superbe que les chasseurs de la compagnie anglaise, quand ils revenaient de loin avec un orignal à panache sur l'aile de leur auto.

Souvenirs délicieux du canton Mayou ! Délicates attentions de l'Irlandais, cet homme sans goût pour les travaux éreintants qui prenait soin de nos jeux comme des fleurs de jardin.

Les premières années, nous allions au canton Mayou trois ou quatre fois par été. Notre rêve eût été d'y passer la belle saison, mais mon père n'avait pas le loisir de s'absenter longtemps de la ville. D'ailleurs, l'idée de la traversée plongeait maman dans toutes les transes ; et la cabane n'était pas assez convenable. Papa parla d'un chaland pour l'été à venir, lui voyait loin, un chaland avec des poulies... nous le souhaitions bien.

N'importe. Pour l'instant, c'était un plaisir d'hommes que d'aller là, et nous en revenions toujours plus bruns, plus forts, plus audacieux. Lentement, discrètement, papa nous préparait un héritage ; il nous glissait ce qui est mieux que l'argent : du courage, des provisions de courage pour l'avenir, car lui savait que dans le détour, après l'enfance, une bête nouvelle et compliquée, tapie hypocritement, fait le guet... Bien assez tôt, ce devait être notre tour d'entrer dans cette gueule !

Le lendemain de notre retour à la ville, Fidor arriva, curieux, pour entendre le récit de mon aventure au canton Mayou. Je lui communiquai les trucs que j'avais appris : faire un feu en plein air, percer une cheminée dans une chaudière de fumée, monter en biais une côte de sable très à pic. Il souriait. Que l'eau sente, et que je l'ai sentie l'intéressa vivement. Il trouva très raisonnable que j'aie dit « salut » aux friches, à l'écho, aux nuages, aux bleuets et au vent, mais n'approuva pas la capture de mon « siffleux ».

— La corneille que j'avais, je l'ai remise en liberté.

Il me convainquit d'en faire autant avec mon « siffleux ». Il m'annonça en même temps qu'il avait donné ses échasses et me confia son désir, bien secret encore, de posséder une bicyclette... mais d'avance il admettait que c'était impossible. Il était vêtu d'une chemise bleue comme celle des ouvriers de l'usine, dont il avait coupé les manches lui-même. Brusquement, il se leva et tourna devant moi pour me faire voir son dos.

— Pourquoi me montrer ton dos ?

Il devint sérieux et hésita avant de répondre.

— Ce n'est pas mon dos que je te montre, c'est la chemise de mon père.

Je compris. Les épaules de Fidor commençaient à se mouler dans celles d'un homme. Il fit le geste d'assommer l'ennemi avec son poing puis, d'un coup de jarret, enjamba la borne-fontaine, notre saut en hauteur d'autrefois, et disparut.

Notre linge, le canton Mayou, nos jeux passeraient donc ? L'enfance, comme un vêtement trop étroit, ne nous irait plus un jour ? Face aux montagnes, les mesurant de l'œil en serrant les poings, je réfléchissais. La chanson de Barbu vint me caresser l'oreille :

Six vieux lacs à déplacer,
dix-huit savanes à nettoyer,
une ville à faire avant la nuit !

Qu'y avait-il donc de l'autre côté de ces monts où se frappaient les engoulevents ? Était-ce si beau ? Était-ce mieux que ce que nous avions ? Notre bon temps était-il à venir ou déjà était-il fini ? Une calamité attendait-elle que nous ayons l'âge mûr pour se montrer tout d'un coup ?

Je me mis à désirer la vieille chaloupe ancrée en haut des chutes, qui était vide et que j'aurais pu charger de ma joie. J'aurais coupé les câbles et à la dérive... nous aurions fui, pendant qu'il était temps encore...

Cinq minutes plus tard, mon « siffleux » était libéré.

VI

— Allons-y. Allons-y donc.

Le soleil, heureux du jour donné, s'attardait au bord de son lit, comme un maître satisfait dans la contemplation de son œuvre. Rien ne bougeait. La ville, ivre de lumière, penchait vers le soir. Depuis quelques minutes, nous observions un long nuage rose à l'horizon, d'où s'échappaient, nous en étions sûrs, des centaines de fées. Des bouffées de musique traversaient l'entrepôt de fruits Grandlac et nous parvenaient roulées dans des odeurs d'oranges.

Il y avait bal au château des patrons. Les oiseaux des poteaux rouges nous le criaient éperdument depuis une heure. Le couchant, en grande toilette, semblait attendre le moment propice de plonger sans être vu dans le parc des Anglais.

— Allons-y donc.

— Il ne fait pas assez noir.

Nous étions pieds nus, en guenilles, crinière plus mêlée que celles des poulains en liberté. Une corne de lune se montra au-dessus de la Saint-Maurice. Fidor dit :

— Là, c'est l'heure.

Le soleil venait de tomber. Nous partîmes tous les deux, en marchant chacun sur un rail du chemin de fer, nos bras noués l'un dans l'autre pour tenir l'équilibre.

D'un saut, nous avions franchi la haie du parc et, comme deux maraudeurs, deux voleurs, nous nous sommes glissés sur le gazon frais, en même temps que l'ombre. Des lanternes, en grand nombre, se balançaient aux poutres des galeries. D'éblouissantes dames se promenaient en chantant. Des domestiques servaient des liqueurs. Assis sur nos talons, derrière un épais fourré, nous suivions les danseurs.

Fidor, avec sa mine de ne pas s'amuser, happait chaque bribe de joie, comme une bête à qui on lance des morceaux de nourriture. Avoir eu des sacs magiques, nous retournions de là avec une fortune de musique, de lumière, de couleurs. Les rires joyeux et francs fusaient de toutes les fenêtres. Quelle provision pour ceux à qui de telles réjouissances ne sont permises qu'en songe ! Combien de temps sommes-nous restés derrière les pins, épiant le bal ?

Il faisait entre chien et loup lorsque nous sommes retournés, lourds, fascinés, le cœur plein à craquer.

— Nous serons riches un jour et nous danserons aussi, dis-je à Fidor.

Il fit la grimace. Je me souviens de nos deux silhouettes coulant sur la voix ferrée, de l'étoile du nord que Fidor me désigna du menton, de gros papillons bleus tournoyant autour du réverbère du coin, et de la lointaine musique qui nous talonnait comme une enjôleuse.

Le soleil avait basculé dans le Fer-à-Cheval depuis longtemps. Il faisait nuit lorsque nous arrivâmes à la maison. J'avais froid. La terre était humide. Tout le monde était rentré.

— Bonsoir, dis-je à Fidor.

Pas de réponse. Je me rendis compte que j'étais seul. Fidor avait pirouetté dans l'obscurité.

Penché au hublot de sa chambre, il buvait les restes apportés par la nuit. C'était un soir magnifique pour voler du bonheur.

Le cheval des gardes-malades pensionnait dans notre écurie. C'était une bête anglaise, tout en os, souple et longue, intelligente et brave. Elle comprenait Gi et Hâ (c.-à-d. *Hue* et *Dia*, en anglais). On laissait pendre les cordeaux dans le porte-fouet et la bête se conduisait facilement au son, par Gi et Hâ.

Les gardes-malades, deux chic demoiselles vêtues de l'uniforme bleu pâle à collet blanc, habitaient une gentille maison dans la verdure au milieu du parc des Anglais. Ce sont elles qui ont guéri mon frère le premier de la coqueluche, et moi, de la rougeole.

Chaque matin, elles venaient à pied chercher leur cheval que papa était chargé d'atteler. Elles le ramenaient le midi pour la portion, repartaient après dîner et revenaient de la même façon le soir au souper. Le midi, sur l'heure du dîner, une discrète bataille s'élevait entre nous les frères, pour savoir qui reconduirait les gardes à leur dîner. Le plaisir, c'était le retour.

Imaginez ! Avoir seul la responsabilité du boghei noir aux luisantes roues ! Assis sur les coussins propres, les jambes roulées dans la couverture jaune et si douce, prendre une voix d'homme et crier : « Gi ! Hâ ! », pour un gamin, quel luxe ! Durant l'aller, ajoutez le plaisir de jouer au galant : les deux gardes étaient présentes, plus de place sur le siège ; alors il fallait se tenir debout en équilibre, bien droit, et conduire sérieusement comme un vrai cocher des villes. On mit beaucoup de temps à me confier pareille obligation, accusant mon âge et mon étourderie, mais on en vint à me la donner. Au moindre coup de sonnette de la porte, je laissais mon repas et, tête première, du fond de la cuisine je dégringolais vers l'entrée.

Garde Lemieux, belle, grande, forte, bien hanchée, jambe droite, au pas agile et à la main noble comme son métier, était celle que je préférais. L'autre avait toujours la main sur le front comme dans un éternel mal de tête.

— Puis ?

— Puis quoi ?

— Les malades ?

Tel était le petit dialogue risqué parfois avec garde Lemieux, qui éclatait de rire sous mon nez. Je rougissais de ne pas être considéré autant qu'un homme. Elle me prenait par le cou dans le tournant pour ne pas tomber, et parfois j'imaginais un chemin qui aurait tourné toujours.

Un midi, elle me remit en souriant une large enveloppe.

Parce que je servais la messe au couvent, chaque année au temps des fêtes, monsieur le curé me remettait une enveloppe contenant de l'argent. Je croyais que celle-ci renfermait peut-être un cadeau de ce genre. Je l'ouvris et j'aperçus deux cartes épaisses et blanches avec de belles lettres bien moulées au milieu. C'était écrit : « Club de la terrasse, admission au banquet », et la date dans le bas.

Banquet ? Je ne comprenais pas. En s'amusant beaucoup, garde Lemieux m'expliqua que j'étais invité avec un ami ou une amie à assister au banquet annuel offert par la compagnie anglaise à ses membres du club.

— Mets-toi beau et viens au club. Le soir du banquet, je serai à la porte. Je t'attendrai.

Je faillis suffoquer d'étonnement. Comment remercier ma grande amie de cet honneur ? Moi sur le plancher luisant, dans ce bruit de bouteilles qui rient comme un ruisseau en se cognant le ventre ! Et cette musique, on m'en laisserait cueillir à pleines mains ? Il y aurait sûrement des lanternes chinoises, du chant, de la dinde et, on ne sait jamais, après les truffes et les pommes chaudes et les chocolats, de la crème glacée ?

Rendu à la maison, fier et plus affairé qu'un fils de seigneur dans la préparation d'une fête, je laisse mes deux cartes se promener dans les mains des frères et sœurs qui courent vérifier l'authenticité sous la lumière. Maman et les plus vieilles répètent :

— C'est fou, c'est insensé !

Papa et mon frère le premier rigolent sous cape, convaincus qu'il s'agit d'un tour. Papa dit avec beaucoup de sérieux :

— Tu prendras un verre de lait avant de partir.

Lédéenne me supplie de l'amener :

— J'ai ma robe rouge avec le ceinturon noir, je mettrai les souliers d'Hélène, Anne-Marie me prêtera sa montre...

Tolérant et rieur, je réponds à toute cette exubérance :

— Voyons Lédéenne, tu es trop petite !

Elle enrageait ! Mon frère le deuxième préféra ne pas m'accompagner, sûr qu'il lui faudrait défiler devant quelque supérieur comme à la lecture des notes au collège. Quelle erreur ! Je lui dis :

— Mais non, tu n'es pas obligé, Fidor viendra.

C'était à lui que j'avais tout de suite pensé.

— Fidor, on va au banquet.

— Pas moi !

Orgueilleusement il flatta ses guenilles. Dans la langue des enfants, je lui fis comprendre qu'il se devait de m'accompagner, par amitié. Le soir convenu, il était au rendez-vous. Ses vêtements propres n'étaient pas gais : cravate noire, casquette noire, bas et bottines noirs. Pour la visite du malheur, les pauvres ont les vêtements qu'il faut, la visite de l'autre les prend toujours au dépourvu.

Ayant tenu tête à toutes les risées et bravé tous les périls, nous partons donc à pied, Fidor et moi, aussi à l'aise extérieurement que deux vieux copains qui vont chez des amis un dimanche soir. Tous les enfants de la rue assistaient à notre départ, et à chacun nous montrions sans parler la carte blanche, pointant le mot *banquet* avec indifférence. Nos amis, les futurs chefs de bande, écarquillaient de grands yeux et respectueusement nous ouvraient passage. Paisibles, nous traversons la rue Claire-Fontaine en nous retournant avec obligeance de temps en temps pour envoyer un petit bonjour avec la carte. Au premier rang, dans une attitude d'admiration, se tenaient les plus pauvres pour voir leur chef, délégué à la fête. Fidor riait comme quelqu'un qui se laisse porter en triomphe. Notre belle assurance s'émoussa un peu en chemin quand nous fûmes seuls, surtout quand nous aperçûmes la haute maison à la galerie immense, décorée en effet de lanternes chinoises, où se promenaient comme l'autre soir des hommes en habit et des dames en grande toilette. Une folle musique, plus rieuse et plus enjouée que le soir du bal, enveloppait la fête et nous faisait bienvenue avec civilité. Fidor me demanda :

— Toi, as-tu faim ?

Je n'avais pas faim du tout. J'avais une boule qui m'étranglait et je ne réussissais pas à cacher le bout de mes manches de chemise qui me retombaient sur la main au moindre geste. Un peu plus loin Fidor dit :

— Regarde.

Il avait emporté des allumettes.

— Vas-tu fumer ?

— Non.

J'eus peur terriblement. Le feu... Je vis le château tout en flammes et Fidor l'incendiaire se terrer dans les bois ! Mais non. Le château était bien là avec le soleil couchant dans ses vitres ; l'éclair méchant que j'avais cru voir dans l'œil de mon ami s'était éteint.

Voilà qu'une belle dame se porte à notre rencontre. Est-ce une apparition qui marche sur l'herbe ? À la pièce des demoiselles du couvent, une année, il y avait une dame vêtue de soies et de perles, tout comme celle-là, qui musardait aux étoiles entre les colonnes d'un château de marbre noir. C'était garde Lemieux. Pour la première fois je voyais ses bras nus, où couraient des diamants ronds comme des yeux. Son cou plus blanc que l'ivoire tenait un collier d'or fin. Elle avait l'élégance et la majesté d'une reine. Je parus un tout petit garçon à ses côtés. Sa robe aux reflets mauves, comme taillée à même un commencement de nuit, touchait le sol. Je lui présentai Fidor, elle le connaissait. Fidor fut bien surpris. Gentiment elle s'empara de nos mains et nous conduisit à un cercle de ses amis qui causaient dans un coin. À notre approche, le groupe se mit à applaudir. Je ne sais plus combien de têtes parfumées se penchèrent sur nos joues, combien de mains d'hommes nous jouèrent amicalement dans la chevelure, combien de petites Anglaises nous offrirent des bonbons fondants ! On ne cessa pas de féliciter garde Lemieux sur ses deux amis (et c'était nous). On nous fit asseoir sur des fauteuils en cuir, plus mous que des paquets de laine. Timides, nous répondions aux questions que l'on nous posait. Garde Lemieux s'amusa follement.

Puis, ce fut le moment de passer dans la salle du banquet. Immense salle remplie de soleils de cristal. Elle était infiniment plus belle que vue du dehors. Toutes les gouttes d'eau de la chute s'y étaient donné rendez-vous. Il en pleuvait sur les épaules des dames, autour des lumières, sur la table, il en pleuvait des torrents. La verrerie et l'argenterie étincelaient, nous éblouissaient. Le tranchant des couteaux reflétait comme de la glace. Les tapis aux couleurs flamboyantes étaient plus moelleux que les tapis de forêt brulée. Fidor regardait tout cela avec un ravissement contenu ; moi, j'avais envie de pleurer. Nous ne pouvions plus faire un pas, la féerie nous clouait au plancher !

On nous demanda nos cartes, et nous fûmes placés à une table parfumée où brûlaient des chandelles vertes dans des becs d'argent. Garde Lemieux était de notre compagnie. Elle veillait sur nous comme sur des prodiges. Chaque fois qu'elle posait sa main sur les nôtres, nous n'osions bouger les doigts de peur de crever les diamants. Elle nous présenta à des tas de gens. Les femmes disaient « so cute », et des Anglais nous donnaient sérieusement le shake-hand, et d'autres à moustache grise lançaient des rires en nous tapant l'épaule comme à de vieilles connaissances.

Durant tout le repas, la fameuse musique joua sur une estrade au fond de la salle, derrière des fougères géantes et des palmiers qui semblaient en or. On nous versa une liqueur rouge dans un verre au col mince et délicat comme une corolle de fleur. C'était du vin. Je goûtai et me mis à toussoter. Fidor fit une légère grimace en flattant son verre avec la paume. Nous étions le point de mire de notre table, situation bien gênante pour goûter les mets. Trop petits pour observer les habitués du grand monde — la tête seulement nous dépassait de la table — ignorant la différence entre la fourchette à salade et les autres, nous avons commis certaines maladresses ; pour ma part, je me trompai de cuiller pour boire le consommé, j'échappai des olives sur le parquet, lorsque le domestique sanglé de blanc m'en offrit. Décidément, je n'avais pas faim ; et malgré l'amabilité de garde Lemieux, j'avais hâte de déguerpir. Au moment de la crème glacée, la situation s'améliora.

Je remarquai soudain que Fidor avait vidé son verre de vin. Un sourire endormi dans l'œil, il me regardait sans me voir, transporté dans un monde irréel. Pour connaître moi aussi cette extase, je fermai les yeux, je serrai les muscles comme avant un plongeon et j'engloutis le liquide. Catastrophe ! Je me mis à tousser, à renâcler, à ronfler, à rugir ; je me levai de table, étouffé, bloqué dans la gorge et les oreilles et les yeux. Garde Lemieux, debout, empressée, me tapotait le dos, me frictionnait la nuque. La glace en face de moi me renvoya un petit garçon embroussaillé, les yeux sortis de l'orbite, le mouchoir dans le poing, qui toussait, toussait à fendre l'âme. La honte me faisait mourir. Une foule de gens suivait mes moindres gestes avec émotion. On me transporta à l'extérieur, on m'assit sur le fauteuil de cuir, et je vins à bout de rejoindre mon souffle. Le bon air me fit du bien. Fidor, derrière moi, ne soufflait mot.

— Merci, dis-je à garde Lemieux qui semblait inquiète.

Du doigt, je lui montrai le chemin. Elle ne voulait pas que je parte ; elle insistait même pour faire venir une voiture. Finalement, en bafouillant, je l'assurai que tout irait bien, que la marche me ramènerait complètement. Après m'avoir essuyé la bouche et les yeux, elle dit :

— Allez-vous-en sans courir.

Notre banquet finissait là. Fidor remercia pour nous deux en soulevant une casquette qui ne lui allait pas du tout. Garde Lemieux, debout, nous envoya la main comme fait une grande sœur, puis elle rejoignit les convives. Fidor me soutenait par le bras et riait parce qu'il avait le hoquet. Par-dessus mon épaule, je le regardais de temps en temps. Il se léchait les lèvres.

— Je suis content. Le vin, c'est bon. Je serai riche un jour, disait-il.

— Tu ne les trouves pas trop méchants, eux ?

Comme réponse il jeta ses allumettes dans une flaque d'eau. En route, mon malaise passa. Je fis promettre à Fidor de ne pas dévoiler l'incident. Avec son œil demi-clos et sa lèvre rouge, il promit. Arrivé à la maison, je me sentis très bien.

— Comme tu es pâle ! s'exclama Lédéenne.

Maman et les autres essayèrent de nous faire parler, mais rien ne transpira.

— Vous n'êtes pas restés longtemps ? s'informa mon frère le plus vieux.

Fidor faillit me trahir. Je le pinçai à temps. Il bégaya :

— Nous ne savons pas danser. Voilà : la danse est commencée, et nous ne savons pas...

Les choses en restèrent là. Dans la rue Fidor rassembla les enfants assoiffés de nouvelles, et à mon grand étonnement, leur vanta les délices du banquet, la blancheur des nappes et l'étincellement des chandeliers d'argent. Dès ce moment, il pardonna à ceux qui lui avaient pris son poney.

Telle fut à Fidor et à moi l'aventure de notre première sortie dans le monde. Garde Lemieux s'en réjouit longtemps après. Voulait-elle en rire, elle me disait :

— Tu vas me raconter ton banquet.

J'obéissais à celle que je considérais comme un personnage de conte. Les jours passèrent, variés comme des tours d'horloge, amenant des joies et des peines dans nos vies d'enfants.

Mais, un midi, je fis une horrible découverte qui sournoisement me haussa d'un échelon vers l'homme. Il faisait une grande chaleur et le cheval allait au pas. Garde Lemieux, bouche close, semblait épuisée. À la dérobée, j'examinai ma reine et j'aperçus une patte d'oie près de son œil gauche et deux plis de chaque côté de sa bouche. Elle avait enlevé son chapeau, en route, le vent éparpilla brutalement sa chevelure et, à ma grande terreur, je vis sur le crâne, à la racine des cheveux, une fine vague blanche plus mince et plus serrée qu'une étoffe de soie. Elle ne riait pas comme à l'ordinaire. La belle dame du banquet s'évanouissait comme un rêve. À sa compagne elle disait ce midi-là :

— Courage, ma vieille !

Au vrai, elle-même avait l'air d'une petite vieille qui n'en peut plus de marcher. Sur sa lèvre bougeait une vilaine grimace. Confusément je devinai que c'était la douleur.

Mais si cette petite vieille nous avait dit : « Plongez tous dans la chute, je le veux ! », tête première nous aurions piqué dans la mort. Les pâlots, les éclopés, les convalescents, les faibles et les inquiets se seraient précipités aussi. Pourquoi ?

Cette femme, même avec ses bijoux, savait ce que peu de gens savent ici-bas : la science d'aider les autres. Celui qui sait cette science sait le remède qui empêche de hurler, et celui qui sait le remède qui empêche de hurler verra à sa suite, sans distinction, rois et bergers.

Cet incident réconcilia complètement Fidor avec les riches.

VII

— Dedans de la main, dessus de la main, premier poing, deuxième poing, poignet, coude, épaule, bout du doigt, « pichenotte », « ti-yable »...

Assis sur nos talons, nous jouions au couteau, un soir, Fidor et moi, au bord de la rue.

Tête nue, le vent de la Vallée dans nos chemises sans manches, nos deux ombres s'étendant jusque sur le trottoir de bois, nous lancions l'arme chacun notre tour.

Un grand silence planait sur nous. Un silence ami, blanc comme des ailes d'ange gardien. On aurait dit que la ville était inhabitée, ou que la population, en attendant l'heure du souper, lisait un livre, un livre immense, facile, plein de charme, illustré de peintures montrant les hommes heureux. Les arbres de la rue faisaient de grandes inclinations comme s'ils eussent voulu nous asperger de paix. Le drapeau tricolore nous saluait. Les toits regardaient le ciel.

Premier poing, deuxième poing. Je regardais Fidor, champion à ce jeu, lorsque je lui dis doucement :

— Retourne-toi.

Pierrot Gaulier, de notre âge, chef de bande du quartier de la rue commerciale, garçon à réputation douteuse, expert rafleur de menus objets des magasins à rayons, s'avançait suivi de quatre de ses hommes. Le charme était rompu. Lédéenne, qui nous observait de la galerie, entra subitement dans la maison. Le silence leva l'aile.

— Nous venons jouer au « brinche à branche », dit Gaulier sans nous saluer, les poings renfoncés dans ses poches.

C'était un petit bonhomme robuste, détestable, ramasseur de bouts de cigarettes, qui souvent était surpris à renifler les odeurs de bière devant les tavernes et les photos à la porte du cinéma. Sa voix, dont il savait tirer des effets, semblait rouillée comme une vieille porte. Moi, j'avais peur de Gaulier.

Fidor baissa la tête et continua sa partie comme s'il n'y avait eu personne à nos côtés.

— Nous voulons jouer à « brinche à branche », répéta Gaulier en poussant Fidor du bout du pied.

Fidor regarda le pied qui lui avait touché l'épaule et dit placidement :

— Pas ce soir.

— Vous avez peur ?

Fidor riva résolument ses yeux sur l'intrus ; en même temps sa main droite fit siffler le couteau dans le vide, zoup... l'arme plongea jusqu'au cou dans le sable.

— Tu vois ? Je joue au couteau.

Gaulier regarda ses hommes, alluma un bout de cigarette noire et répéta avec effronterie :

— Vous avez peur ?

— Vous êtes cinq, nous sommes deux.

Gaulier se retourna vers notre maison et, s'adressant à moi :

— Siffle, tes sœurs savent jouer.

Je rougis jusqu'aux oreilles. C'était là le pourquoi de ses rôdages. Fidor serra les dents. Alors Gaulier fit un

pas et, d'un coup de semelle, brisa notre pâté de sable.
Fidor se moucha à cause de la poussière, je lui soufflai :

— Allons-nous-en.

La bande Gaulier riait.

— Peureux !

— Non, fit Fidor en se frottant les yeux, non, nous allons jouer.

Désespérément je lui faisais signe de s'abstenir, mais il me regarda avec tranquillité. Je lus qu'il avait une idée. Il ferma son couteau. J'eus peur pour Gaulier. Ignorait-il donc que Fidor savait la science des animaux et des étoiles ?

— Va cacher tes hommes, dit mon ami à l'intrus.

— Quoi, sans tirer au sort ?

— Je te donne une chance, répliqua Fidor.

Gaulier, sceptique, obéit et s'en fut avec ses hommes. Dos tourné au groupe, face à une corde de bois, Fidor et moi, à pleine tête, comptâmes jusqu'à cent, comme dans les parties de cachette. Puis nous nous sommes retournés. Gaulier seul, hautain, achevait son bout de cigarette.

— C'est fait, dit-il.

Il ramassa une branchette et traça dans le sable le chemin au bout duquel ses hommes devaient être cachés. Fidor, à la lecture du code, se pinça la lèvre avec son doigt. Il dit :

— C'est impossible. Ils n'ont pas eu le temps de se cacher sous l'entrepôt Grandlac.

— Va voir, dit Gaulier.

Une embuscade nous était certainement préparée. J'étais mal à l'aise. La présence de ce voyou m'indignait. Fidor disait :

— Ta parole d'honneur qu'ils sont cachés ?

— Ma parole d'honneur, répondit Gaulier.

— Parce que la parole d'honneur sur la rue Claire-Fontaine, c'est grave.

Gaulier souffla sur sa cigarette en faisant les yeux blancs.

— Bon. Suis-moi, me commanda Fidor.

Ensemble, nous partîmes en scrutant l'arrière des maisons, le fond de la ruelle. Fidor, sérieux, avançait sur la pointe des pieds comme dans les vrais parties de « brinche à branche ». Nous n'avions pas marché vingt pas que nous entendîmes crier violemment derrière nous :

— Brinche à branche !

Les quatre hommes de Gaulier, riant, sautant, se bousculant, sortirent de derrière la corde de bois où ils étaient cachés. Visiblement, nous étions les victimes d'une vilaine plaisanterie. Fidor, humilié jusqu'au cœur, me chuchota rapidement :

— Donne ton lasso et siffle le chien.

Il courut comme le vent, sauta sur la corde de bois, fit tourner le lasso et dans le nœud coulant ramassa Gaulier qui n'avait pas eu le temps de se ranger. En un éclair, Gaulier, enveloppé d'un nuage de poussière, avait roulé sur le sol, était collé à la corde de bois. Fidor serra le nœud et attacha le lasso à la clef de broche au centre de la cordée. Les quatre hommes d'abord étonnés, muets, surpris de l'audace et de l'habileté de Fidor, se ressaisirent vite, prirent leur élan pour s'abattre sur mon ami ; mais, de toute ma force, je criai :

— Arrêtez !

À mon cri, ils pivotèrent sur les talons et restèrent paralysés. Le danois, qui au « siffle » avait bondi de dessous la galerie, se mit à japper bruyamment devant la perspective d'un jeu nouveau. Je l'attrapai par le collier sans lui commander le silence. Deux des polissons, convaincus depuis l'incident de la forge que le chien était dangereux, prirent leurs jambes à leur cou. Le chien gronda en hérissant le poil.

— Tais-toi, lui dit Fidor.

Gaulier regardait fuir ses deux hommes. Pâle, l'œil fauve, d'une voix de fillette, il dit :

— C'était pour rire, Fidor, détache-moi.

Fidor avec son pied refit le tas de sable et recommença le lancement du couteau. Il réfléchissait en dévisageant les deux autres voyous, stupéfiés, vaincus. Une grande fierté m'enveloppait. C'était l'heure de hisser le drapeau. Quel jugement porter sur Gaulier ? Le remercier de m'avoir permis de prouver mon amitié à Fidor, ou le battre pour avoir eu l'insolence d'effaroucher notre paix ?

— Renvoie le chien, dit Fidor.

Gaulier, misérable, tremblant, balbutia comme un petit garçon effrayé :

— Qu'est-ce que vous allez faire avec moi ?

Fidor, les yeux vers la maison, placidement, lançait le couteau. Soudain, Lédéenne reprit sa place sur la galerie en riant à la rue. Alors, Fidor s'approcha de Gaulier et dit, en le détachant avec calme :

— Elle n'est pas pour toi.

Il lui mit son poing sous le nez et prononça presque tout bas :

— Ne reviens plus ici.

Gaulier et ses escortes levèrent la semelle, piteusement, honteusement.

Le lendemain soir, Fidor avait un œil au beurre noir, dont il semblait très fier. Il annonça à Lédéenne et à moi :

— Maintenant il ne viendra jamais plus ici. C'est fini, réglé, payé. Jouons.

Lédéenne voulut voir la blessure de près ; elle avait mis son doigt sur la paupière endolorie. Fidor laissa examiner son œil. Il n'espérait pas si grande récompense. Et si elle lui avait dit : « Va battre tous les voyous de la ville », coudes aux flancs, il aurait pris sa course et offert ses yeux.

— Jouons, dit-il.

Et le couteau piqua droit dans le sable. La cloche de l'église récitait l'angelus dans le lointain. Un grand mur de paix faisait le rond alentour de nous trois.

*
* *

Anne-Marie avait l'habitude de s'asseoir à son piano vers six heures le soir, et d'improviser sur quelque lied de Schubert en même temps que les oiseaux rentraient chez eux.

Comme on aime à faire un feu de foyer pour chasser le cru à l'heure du souper, elle aimait sacrifier au jour déclinant quelques gerbes de chaude musique. La brunante, partie du fond des monts bleus, venait écouter sur la pointe des pieds. Une muse visitait notre sœur.

Six heures. La classe était finie. La journée avait été bonne. Nous avions joué dehors tout notre saoul, arrosé le jardin, soigné les poules et, allongés sur la galerie dans nos vêtements des jours de congé, nous savourions dans une sorte de demi-sommeil le régal servi familièrement sous les fenêtres du salon. Les oiseaux des poteaux rouges et nous, ne fûmes pas longtemps les seuls auditeurs à ces tendres épanchements.

Un homme coiffé d'une casquette grise, arrêta sa petite automobile en face de la maison, un soir. Une guenille à la main, des pinces, un flacon d'huile, il ouvrit le chapeau du moteur et fouilla dans les fils électriques comme pour réparer quelque chose. Puis, il partit. Il revint le lendemain. Et le surlendemain. Toujours sa voiture manquait, juste devant notre maison, à la même heure. Jamais il ne faisait de bruit en travaillant. Il versait de l'huile, nettoyait une bougie, rétablissait un courant et repartait sans avoir l'air désappointé des rebuffades de son auto.

Quand un gamin sautait sur le marchepied pour lui poser des questions, il mettait un tournevis sur sa bouche et faisait chut... et de gros yeux. Puis il s'engouffrait la tête dans le moteur, collait son oreille pour écouter le cœur de l'engin comme font les médecins pour les malades ; mais, par-dessus son coude, il tournait les yeux vers la fenêtre par où sortent les confidences.

Un soir que j'étais seul de curieux à suivre ses mains dans les parties mécaniques, il me demanda doucement avec un petit accent anglais :

— Où demeures-tu, toi ?

— Là, fis-je avec le menton.

Longuement, en s'essuyant les doigts dans sa guenille, il me regarda, me fouilla les yeux avec les siens. Il était beau quand il souriait.

— Tu aimes la musique ?

— Oui.

Il ferma le chapeau du moteur.

— Moi aussi, fit-il en soupirant.

Et il écouta distraitement ; après quoi il prit sa clef à démarrage.

— Qui joue ? demanda-t-il.

— Ma sœur.

Il tourna la manivelle avec force, passa près de moi à la course, sauta au volant pour régler les soubresauts que faisait l'engin dans un bruit de tonnerre, puis il m'appela avec son doigt. Je grimpai sur le marchepied. Tout en mettant ses gants, il cria :

— Dis-lui que c'est très joli.

Il m'approcha la tête et me glissa dans l'oreille, avec intelligence, un de ces aveux qu'il faut répéter et montrer comme un cadeau :

— Dis-lui que je m'appelle Harry.

Puis il partit en envoyant la main à moi et à la fenêtre.

— Il s'appelle Harry, avais-je dit tout bas à ma sœur Anne-Marie, au souper.

Anne-Marie, l'image de la douceur avec ses cheveux noirs, épais et lourds comme des raisins, sa lente démarche, son front blanc, avait souri comme quand on rend un salut. Et ses doigts longs qu'elle agitait constamment sur tout ce qu'elle rencontrait : sur le buffet, la rampe, ses genoux, s'étaient arrêtés un instant pour repartir de plus belle. Avant de commencer son repas, elle courut au salon, ouvrit la cage à ses voix enfermées dans le meuble d'ébène, et tout un voilier de notes, à grands coups d'ailes à droite et à gauche, s'élancèrent par la fenêtre, courant en tout sens et chantant : Bienvenu ! Bienvenu ! Bienvenu !

Harry, électricien à l'usine, loua une chambre à trois maisons de notre demeure, chez madame Larivière, une vieille veuve colérique et cancanière, très adroite dans l'art de faire perdre du temps aux ménagères.

Les potins et les commmérages laissèrent Harry bien indifférent : d'abord, parce qu'il était absent de la maison toute la journée ; et puis, je devais l'apprendre beaucoup plus tard, les lieux se poétisent, changent de signification quand l'être à conquérir habite tout près.

Harry remisait son automobile dans notre hangar en face de la maison ! un grand hangar à quatre portes numérotées, où s'entassaient jambes dans les jambes comme des enfants en traîne sauvage, les cabriolets, bogheis, victorias, carrioles de mon père.

Puis, il commença par venir fumer sur la galerie. Il nous donnait des bonbons de couleur, déplorait de ne pouvoir jaser avec papa trop souvent absent. Parfois il jouait à la balle avec nous, mais l'adresse à ce jeu lui manquait.

Enfin, c'était un soir d'octobre, je crois, il aperçut Anne-Marie à travers la dentelle des rideaux. Galamment, pieusement, il souleva sa casquette. Son attente fut récompensée.

Ils s'aimèrent avec de la musique au milieu, des jardins de musique. Jamais Schubert ne fut autant célébré. Elle lui avait dit : « Je suis malade », ce qui signifiait « Je ne peux pas me marier ». Il avait répondu :

— Jouez, je réfléchis.

Vint la première neige.

Et il réfléchissait à ses amis du château anglais qui connaissaient des spécialistes de Montréal. D'ailleurs Schubert avait dû l'inspirer. Il lui dit :

— Faites du sport, vous ne sortez pas assez.

Il lui acheta des skis avec de légers bâtons de bambou aux poignées rouges. Anne-Marie fit de l'exercice. Le samedi, Harry la rejoignait en face de chez Grandlac, le marchand de fruits, où se succédaient de petites pentes douces, faciles à descendre. Tous les deux, sanglés dans de beaux costumes de couleur avec la ceinture fléchée, glissaient à la queue leu leu.

Voilà que la confiance lui était revenue. Non qu'Anne-Marie fût de nature triste, mais jusqu'alors sa maladie l'avait tellement mêlée à l'ombre, qu'un brusque jet de lumière suffisait à la mettre en fuite. On aurait dit qu'elle ne touchait pas le sol en marchant, un peu comme les anges d'église qui se tiennent au bord des bénitiers dans l'attitude de prendre leur vol. Mais maintenant, nous sentions concrètement sa présence. De l'entendre rire avec éclat, fredonner gaiement, fermer une porte, nous rendait heureux. Harry l'aimait beaucoup, et un peu de cet amour se déversait naturellement sur nous. Il avait la manie, à chacune de ses visites à la maison, de faire le tour des « connections » électriques, des prises de courant, des abat-jour, du compteur. Par habitude, on lui apportait le fer à repasser, le grille-pain. Il tâtait la machine à laver et, tournevis en main, petite canne d'huile dans un linge au fond de sa poche, il inspectait, dévissait, retournait, en fumant sa pipe, une pipe mince comme un roseau qui lâchait beaucoup de fumée.

Un midi, je fus invité à monter dans sa voiture. Dans la rue Saint-Louis, la rue de la station, tranquille et propre, il arrêta devant une petite maison blanche et me dit :

— C'est là.

J'examinai la façade. Il n'y avait pas de rideaux dans les fenêtres ; j'en conclus que cette maison était inhabitée.

— Ma maison, dit-il.

Je le regardai.

— Ma maison, répéta-t-il avec ivresse, doucement, en appuyant sur le *ma*.

— Sa maison, répétai-je à Fidor que j'avais amené par là, le soir même.

Au printemps, ils se marièrent et, durant un mois,

ce fut un va-et-vient continuel, de la rue Claire-Fontaine à la petite maison blanche. Anne-Marie nous donnait des gâteaux, bourrait nos poches de caramels. Harry, sur un gramophone qu'il remontait avec une poignée, nous faisait entendre des disques où nous voyions courir des fées entre les minces tablettes du haut-parleur. Tout en écoutant, il regardait sa femme avec dans l'œil un petit filet rouge comme un souci. Nous savions que les spécialistes de Montréal venaient de temps en temps.

Parurent les soirs de juin.

Le beau-frère Harry nous amenait souvent promener au rond de course. Quelle joie, ces départ improvisés ! Avaler du vent neuf, soulever en vitesse la poussière qui montait jusqu'au ciel, frôler le pays des souches et des lièvres, rouler nos douze ans dans les couleurs du soir, saluer des figures étrangères à l'autre bout de la ville dans des décors nouveaux !

Au milieu de l'été, Anne-Marie abandonna sa maison blanche pour revenir chez nous. Elle avait peine à marcher. Une toux la riva au lit. Maman lui donna la grande chambre en bas. Un soir, Harry rentra avec une chaise roulante qui, avec ses roues silencieuses et brochées, son dossier troué et mystérieux comme un guichet de confessionnal, nous parut un mauvais présage. Mais ce véhicule rendit si heureuse notre sœur ! Quelle fête pour elle de circuler dans la maison comme auparavant, sur la galerie, dans le jardin, et surtout de toucher son cher piano, qu'elle flattait avec autant de joie que nous, nous flattions la tête de notre danois après une absence. Elle était constamment vêtue de bleu et de blanc comme une madone. Mon frère le deuxième et moi, nous habituâmes difficilement à la voir immobile dans cette chaise fantôme, une couverture drapée sur les jambes.

Les après-midi de chaleur, nous conduisions Anne-Marie dans la cour du jardin, sur la terre tiède, d'où elle pouvait voir les lapins. Mes petites sœurs, armées de longues brosses blanches, lui démêlaient ses longs cheveux et jouaient là-dedans comme dans le sable de la Saint-Maurice. À chacune de mes courses près d'elle à l'« heure des cheveux », je plongeais ma main sous la nuque et laissais couler toute cette toison noire et brillante dans mes doigts. Un jour, entre deux culbutes, je dis à Fidor :

— Touche.

Timidement, par en arrière, il toucha et me dit : « C'est doux », en gardant ouverte sa main.

VIII

Mon frère le premier, l'ami et le protégé de l'Irlandais à cause de leur ressemblance sur bien des points, était un ramasseur de clous rouillés, un collectionneur de vieilles briques, une sorte de charpentier dans le sang...

Ses loisirs se passaient à rassembler des planches, pour la construction de plates-formes et de sièges, destinés à la voiture à chien. Il réparait avec goût des jouets cassés, redressait des escabeaux boiteux. On le voyait toujours marteau en main, à la chasse des portes qui ferment mal et des clous qui dépassent. Rien ne lui plaisait davantage que de tailler un prélart ou de découper une tablette. Pour lui, remplir « la boîte à bois », ou laver les voitures de promenade, était une récompense. L'hiver, les jours de congé, il s'installait dans la remise derrière la patinoire et, à l'abri, fabriquait des « pirouettes ». Ce jouet peu coûteux et très amusant se composait de trois morceaux : un ski, c'est-à-dire une planche de baril cirée à la chandelle, sur lequel se tenait debout un quartier de bois rond cueilli sur la cordelle ; par-dessus, horizontalement, était clouée une planchette de deux pieds de long, qui servait d'appui-ventre ou de siège au gamin qui se risquait à descendre les côtes là-dessus. Il en fabriquait, que c'était une vraie industrie ! Chaque enfant de la rue possédait sa « pirouette ».

Un samedi matin, crayon sur l'oreille et pied-de-roi sur la cuisse, après un long dialogue avec l'Irlandais, nous voyons s'éloigner vers la voie d'évitement qui menait à l'entrepôt Grandlac, marchand de fruits... l'aîné, plein de mystère. Il a sûrement une idée derrière la tête pour aller ainsi à pas décidés.

À chaque fin de semaine durant la belle saison, cette voie ferrée sur laquelle il marchait maintenant connaissait une joie assez spéciale ; non pas l'arrivée d'un engin des villes, mais plutôt le départ d'une « vélo-camionnette », une sorte d'automobile sur rails, invention et propriété des Anglais du château. C'était vers elle que se rendait notre frère. Nous savions que, depuis longtemps, cette machine l'attirait comme un aimant.

J'ouvre ici une parenthèse pour parler du charme qu'exerçait vraiment sur nous tous cette symbolique voiture.

Combien de samedis d'été l'avons-nous vue partir, l'auto rouge aux cinq sièges, aux dix fenêtres et aux roues de fer ! Cette auto, sans volant, ni klaxon, ni pneu de rechange, cette enfant gâtée du chemin de fer qui jouissait du difficile privilège de courir sur les traces des grosses locomotives et de s'en aller par delà la montagne vers un lac qui, disait-on, glissait comme un tapis sur des marches de pierres et se jetait dans une cave immense où folâtraient des poissons rares ! Elle se rendait au lac Escalier, lac d'autant plus merveilleux qu'il était privé, caché, inaccessible. Les Anglais arrivaient vers dix heures l'avant-midi, emplissaient l'auto rouge de valises fermées au cadenas, de sacs longs comme des branches, qui cachaient des bambous à pêche, de paquetons d'où sortaient de gentilles petites têtes de hache, puis ils s'en allaient, gais, rieurs, nous envoyant des coups de chapeau et des *good-*

byes. L'auto aux roues de fer longeait la vallée, le grand détour et, sans cris ni fumée, s'éloignait. L'oreille collée sur le rail, nous l'entendions courir vers les grandes savanes que Barbu avait nettoyées.

Le samedi matin en question, mon frère le premier se dirige donc vers la « vélo-camionnette ». Il scrute les alentours et, ne voyant personne sur la voie, il s'approche du véhicule, déplie en vitesse son pied-de-roi, sort un papier et trace nerveusement des chiffres. Il mesure la longueur de la machine, la largeur, la hauteur ; il tâte les flancs, touche les vitres, renifle la couverture ; se place devant, se penche, file derrière, écrit, vérifie, fixe des détails, compte sur ses doigts, se gratte la tête et revient au pas de course.

Fidor et moi nous lui demandons :

— Qu'est-ce que c'est ?

Pour nous ébahir, il nous laisse entrevoir la feuille barbouillée de chiffres, de x, de traits et de flèches incompréhensibles.

— Des chiffres, dit-il. Vous êtes contents ?

Il a la figure réjouie comme un voleur qui sait la combinaison du coffre-fort.

— On peut te suivre ?

Il part en haussant les épaules. Alors il s'engage dans la cour de monsieur Paquot, propriétaire d'un grand magasin de nouveautés, et se met à choisir des boîtes de bois, boîtes énormes, grosses comme des pianos.

— Celle-ci, puis celle-là, dit-il. Le bonhomme m'en a donné deux.

Il fallut deux voyages et toute la force de nous trois pour transporter ces caisses chez nous.

— C'est pourquoi ? demandons-nous à l'aîné.

Sans répondre, il s'en va chez le père Richard, lui

111

demander la permission de se servir de son coffre d'outils. Le père Richard, après bien des explications et des recommandations, consent à lui prêter son lourd coffre d'outils qui est dans l'atelier commun derrière le jardin. Mon frère le premier ouvre le coffre et nous fait signe de ne pas approcher. Nous voyons des scies de toutes espèces, des marteaux à tête de bois, des rabots, des ciseaux à froid, un vilebrequin avec ses douzaines de mèches, des varlopes, des équerres, des niveaux avec la larme qui coule à droite et à gauche. Mon frère étend les chevalets, prend des mesures, défait les boîtes, et scie, coupe, tourne, arrache, divise, empile comme un charpentier « premier marteau » qui démonte une construction. Puis il rafistole, rebâtit, calcule, prend des notes, nous fait asseoir sur la planche, scie, sue, cloue. Il va vite, donne des ordres, tient les clous dans sa bouche, frappe : une charpente se dessine, nous commençons à deviner.

— Pour qui est-ce ?

Il nous regarde, se touche la poitrine et répond :

— Pour moi.

— Va-t-elle aller sur les rails ?

Il achève de rentrer son clou, se lève et, savourant son invention, il dit :

— Elle va aller sur les rails.

Puis il disparaît sous la boîte qui prend vaguement la forme d'une carrosserie d'automobile, pour fixer avec précaution de fragiles petites lattes. Fidor demande :

— Vas-tu nous amener ?

Pas de réponse. Il travaille toute la journée, puis chaque soir de l'autre semaine, puis tout le samedi de l'autre semaine. Dès son retour de l'école, il se hâte vers ses chevalets, déplie le pied-de-roi, cogne jusqu'à la noirceur. Il perce des fenêtres, court chez le quincaillier faire

112

tailler de vieilles vitres. Nous avons l'ordre de ramasser les vieux pots de peinture, les anciennes licences d'automobiles. Il fabrique des phares avec des boîtes de fer-blanc. Ses devoirs en souffrent ; il les retarde jusqu'après le souper, et, sur ses livres, on le voit s'arrêter de temps en temps pour penser à l'auto de bois qui attend dans la cour.

— C'est pour quand ? lui demande-t-on.

Pensif, le crayon entre les dents, les yeux dans le vague, il murmure :

— Un jour...

— Mais elle n'a pas de roues ?

— J'aurai des roues aussi.

Il n'en dit pas davantage. À la dérobée, de la porte de l'étable, l'Irlandais surveille les travaux ; il vient même donner un coup de main à son charpentier quand papa n'est pas là.

Un samedi soir, timidement, mon frère le premier s'en va chez papa et lui dit :

— Venez, si vous voulez.

Papa se lève, met sa casquette, prend le fanal, car le soir tombe ; et suivi de toute la famille, il traverse la cour et se dirige vers l'invention qui est terminée. Il l'examine avec soin, touche les fanaux, essaye les portes en faisant des approbations de la tête. Il résume avec un petit geste savant :

— Elle peut loger toute la famille. On en aura besoin un jour, peut-être...

Puis il rentre dans la maison. Mon frère répète pour lui seul, en faisant le petit geste :

— Un jour nous partirons...

L'Irlandais surgit à deux pas de lui et dit le mot *partir* avec la volupté d'un homme qui roule dans sa bouche quelque chose de délicieux.

Mon frère le deuxième, qui jouait du piccolo sur sa règle, du tambour sur les cuves et de la clarinette dans les bouts de tuyau, vint me trouver et me dit :

— Pourquoi l'auto ? Est-ce un départ pour vrai ?

Nous ne comprenions rien encore ; mais, obscurément, nous avions l'impression que le plus vieux nous désertait et, parce qu'il avait hâte d'être un homme comme papa et l'engagé au dos rond, jouait à des jeux d'hommes.

IX

— Viens-tu demain ?

Avidement il fixa ma bouche. Je ne répondis pas. Alors le brillant de son œil s'évanouit et sa main, ouverte comme pour recevoir quelque chose, bascula. À reculons, il fit quelques pieds et s'éloigna comme à l'ordinaire, un peu triste, déçu une fois encore par mon silence. Sa petite voiture, tirée par un chien maigre et doux, l'emporta.

Chaque matin il partait du fond de la campagne pour venir au collège. Il dînait seul sur les grands bancs de la salle de récréation, près de la petite fontaine où il allait boire en mangeant. Son goûter, très modeste, se composait invariablement de beurrées de pain de ménage accompagnées de radis, de feuilles de salade, ou de tomates et d'une pomme quand c'était l'été ; l'hiver, un cœur de céleri ou du chou cru remplaçaient les produits de la belle saison. Le tout (excepté la vieille salière et la poignée de noisettes), enveloppé dans une serviette de toile, était déposé au fond d'une boîte de fer-blanc munie d'une poignée de cuir, comme celle des ouvriers.

Ses parents, cultivateurs au Fer-à-Cheval, l'envoyaient à l'école, lui Ludger.

Parce que mes frères et moi, de notre côté, nous allions à l'école en voiture à chien, il nous fut facile d'avoir de la sympathie pour Ludger, le fils d'habitant.

Nos premières rencontres se firent dans la petite étable, face au collège, où nous étions bien aise, en dételant nos bêtes, de parler d'animaux, d'attelages et de traîneaux ; sujets graves et personnels qui nous intéressaient au plus haut point.

Ludger, en classe distrait et morne comme la pluie, pour qui réciter une leçon était une sorte de martyre, nous a caché longtemps, par son silence, le prix qu'il avait payé pour l'apprentissage de ses lettres. Quand son tour venait d'aller au tableau, il pâlissait, se calait au fond du banc et, une fois rendu sur l'estrade, il baissait la tête, malheureux, grelottant comme s'il était nu. Nous étions loin de penser qu'il circulait chez l'héroïsme avec la même facilité que nous nous prélassions chez madame la paresse. Une indifférente pitié, parce qu'il demeurait loin et que sa famille nous était inconnue, l'entourait.

Sans amis, sans façon, souffrant d'une gêne maladive qui lui rendait la parole difficile, il préférait la solitude. Seul à seul, en tête à tête, on parvenait à lui arracher des bribes de phrases, des lambeaux de sourires, mais sitôt que d'autres copains s'approchaient pour l'entendre ou le questionner, une peur instinctive lui étreignait la gorge jusqu'au silence, comme la nuit fait au jour quand elle descend. En récréation, réfugié au bord de la vallée, il lançait des cailloux dans le vide. Une vieille clôture limitait le terrain du collège. Ludger se tenait là bien souvent ; il sondait les piquets, rafistolait la broche, bouchait des ronds avec de la ficelle trouvée. Pour chasser l'ennui et pour nous oublier, il s'accrochait à des choses qui lui rappelaient ses prairies.

Chaque vendredi soir, avec effort, il me renouvelait sa question :

— Viens-tu demain ?

Et moi, indifférent, nerveux, agité, je pirouettais et lui passais entre les pattes. Depuis si longtemps qu'il m'invitait à aller le rencontrer sur la place du marché ! J'y suis allé et n'eus qu'un remords : d'avoir tant retardé ce rendez-vous.

Un samedi matin donc, plus par pitié pour mon copain que par désir de le voir, j'accompagnai maman qui, chaque samedi, comme toute bonne ménagère, se rendait aux comptoirs de la rue Saint-Pierre, le grand sac dans le poignet. Pendant qu'elle soupesait des légumes, tâtait fruits et viandes, je me glissai, entre les voitures, les étalages, les cages, les cris, jusqu'au marché couvert là-bas, lieu de notre rendez-vous. Soudain, j'aperçus Ludger monté sur un quatre-roues à parapluie jaune. Ravi et gaillard, il me faisait signe de courir. Une sorte de malaise mêlé de honte s'empara de moi ; quelque chose me dit que j'aurais dû venir le rencontrer bien auparavant. Encore si j'avais eu Fidor à mes côtés !

Il me parut plus gras, plus joyeux, plus vivant que dans la cour du collège. Chaussé de bottes pesantes, le moindre de ses pas prenait de l'importance. Par-dessus sa chemise carreautée, dont les deux pointes du collet lui chatouillaient les joues, il portait un coupe-vent de cuir noir, effrangé aux manches et aux poches. Avec sa casquette sur le coin de l'oreille et un mouchoir noué négligemment dans le cou, il avait l'air heureux et maître dans son odeur. Il me cligna de l'œil.

À la roue, un gros gaillard bourru, aux mains larges comme des rames et aux épaules épaisses, transvidait des pommes de terre pour un client.

— C'est mon frère, me dit Ludger.

Quand le client fut parti, je dis à son frère :

— Bonjour, monsieur.

Il se retourna vers Ludger et demanda :

— C'est lui ?

Ludger dit oui. Alors l'aîné me sourit d'une belle façon qui m'alla jusqu'au cœur. Il fit une marche avec son poignet et me dit :

— Mets ton pied.

Sans trop comprendre, je lui obéis ; j'appliquai ma semelle sur son gros poignet brun et, soudain, je fus adroitement projeté en l'air pour retomber dans la voiture, à côté de Ludger qui riait en me faisant une place près de lui sur des sacs vides. L'aîné dit à Ludger :

— Donne-lui une pomme.

Ludger se pencha sous le siège et sortit deux pommes rouges d'un sac. Il m'en offrit une et mordit l'autre, puis tout de suite il se mit à me présenter ce qui nous entourait : les légumes, les fruits, le cheval qui nous regardait en mangeant son foin dans une poche entre les brancards.

— C'est notre cheval.

Il était gris et gros, mais maigre.

Ludger me parla de chasse et de pêche et de jardinages. Je lui découvrais tout à coup une facilité de parole sur un monde de sujets nouveaux, et l'espèce de bégaiement qu'il avait en classe ou en public était disparu. Poing sur la hanche et pied sur le siège, il discourait comme un vieux paysan qui ouvre les digues et parle parce qu'il se retient depuis longtemps.

— J'ai des collets de tendus derrière chez nous, fit-il soudain.

Avec une ficelle, il me démontra comment un collet à lièvre était tourné ; pour illustrer son explication il fit marcher mon poing sur le bord de la voiture et le prit au collet dans la ficelle. J'essayai à mon tour de prendre son poing et je réussis. Puis il brandit son couteau, coupa un bout du manche de fouet qui était de l'aulne et, le temps de le dire, il enleva une partie de l'écorce sans la briser en la frappant avec le plat de la lame et en l'humectant de sa salive, puis il entailla la chair de l'aulne, replaça l'écorce et me dit :

— Siffle. C'est un sifflet. Je te le donne.

Je sifflai, mais faiblement, parce que des gens nous observaient. Je le mis dans ma poche.

— Cet après-midi, je vais à la pêche vers six heures.

— Toi ?

— Quand des petits paquets de brume sortent et se traînent le ventre dans l'herbe, c'est l'heure.

— Seul ?

— Avec Kaiser, mon chien.

— Où est-il ?

— Chez nous. On ne l'emmène pas au marché.

— Et comment tu pêches ?

— Je pêche au ver dans les baies d'ombre, pardessus les roseaux ; je lance ma ligne et je guette le bouchon à travers les tiges.

Je me mis à l'envier en pensant à toutes ces images. Je m'expliquais maintenant ses récréations de muet, ses interrogations dans le vide, ses clins d'œil aux oiseaux.

— Tu ne t'ennuies jamais ?

— À l'école, je m'ennuie.

— Pourquoi tu viens à l'école, si ça t'ennuie ?

— Ce n'est pas moi qui mène.

Peut-être, à cet instant, causions-nous trop haut : du trottoir, son frère pointa rapidement ses yeux bourrus de notre côté. Ludger devint carpe.

Maman arriva les bras chargés de victuailles et je dus partir. Elle fit un petit salut à Ludger qui le lui rendit très galamment. Ludger se mit à plier des poches vides ; de loin, je me suis retourné, il pliait des poches rapidement. On aurait dit que son frère le disputait. Moi, je sifflai dans le bout de l'aulne tout le long du chemin, comprenant mal pourquoi Ludger était forcé d'apprendre des leçons et d'attacher des lettres ensemble quand il trouvait préférable de folâtrer avec les truites des ruisseaux.

*
* *

Plusieurs fois la semaine suivante nous nous rencontrâmes durant les récréations, Ludger et moi, à la cachette comme des comploteurs. Je le tenais au courant de mes démarches auprès de ma mère, de qui j'essayais d'obtenir la permission d'aller au Fer-à-Cheval.

— Si tu te perdais ?

— Mais non, maman, je suis avec Ludger.

— Et les ours ?

— Mais non, voyons !

« Si c'est oui, je viendrai au-devant de toi, ici au collège, et je te reconduirai le soir avant souper », me promettait Ludger.

Enfin, ce fut oui.

Un beau samedi matin d'octobre, je pars seul en voiture à chien, mon dîner enveloppé dans un papier ciré. Pendent à ma ceinture : le coco poilu, le couteau, le tire-roches. Mon lasso sanglé autour du ventre, un mouchoir dans le cou, moi aussi, de la ficelle et une couple de vieux hameçons dans une boîte de fer-blanc que m'avait préparée le père Richard, je décolle seul, singeant l'assurance de papa lorsqu'il partait pour le canton Mayou. J'arrive au rendez-vous une demi-heure avant le temps, et je me dissimule adroitement derrière une maison abandonnée, pour ne pas être aperçu par les frères que mon accoutrement aurait sans doute amusés. Ludger arrive. Nous avons beaucoup de peine à maintenir nos chiens qui se lancent des injures. Ludger laisse un peu reposer sa bête et part le premier après m'avoir cligné de l'œil comme quand il était heureux, et m'avoir parlé de la belle journée qui commençait. Je le suis.

Nous étions bien petits sur la grande route et encore davantage lorsque nous laissâmes le rond de course pour entrer dans le découvert à plein firmament où dormaient d'épais nuages blancs. Je n'étais jamais venu dans cette route. Les buissons se touchaient du coude à notre passage et tournaient leurs feuilles dans des rires sous cape. Les poteaux de téléphone, mieux que des reporters, se passaient leurs réflexions. Il n'y avait pas de sentiers comme au bord de la Saint-Maurice. C'était désert, plat, avec des touffes d'aulnes par-ci par-là, derrière lesquelles j'avais la conviction que des ours faisaient de l'espionnage. Ludger se retournait de temps en temps pour me sourire. Il frappait par petits coups sur la route avec son fouet fraîchement coupé. Je comptais les montagnes et il me semblait voir courir en tous sens des centaines de loups ; parfois un battement d'ailes parti de là, à gauche, dans un chicot d'arbre, m'effrayait.

Ludger, plus à l'aise qu'en pleine rue commerciale, chatouillait le chemin avec son fouet et me guidait dans cet inconnu comme un vieux chasseur. Soudain il s'arrêta, sauta au bas de sa voiture et je le vis boire, penché dans l'herbe.

— C'est une source, me dit-il. Bois.

Je bus, et nous reprîmes la route ; nos bêtes s'étaient désaltérées aussi. Après bien des détours et des descentes et des buttes dans une jeune forêt, j'aperçus une éclaircie, une friche, puis des labours qu'escaladaient des oiseaux noirs, et plus loin une maison à toit de chaume assise au pied de la montagne.

Ludger me fit signe avec son fouet. Nous étions arrivés. Plus nous approchions, plus Ludger et sa bête trépignaient.

En face de la grange, l'aîné à Ludger, en salopettes, attelait le cheval gris à un tombereau. Je lui dis de la même façon qu'au marché :

— Bonjour, monsieur.

Il regarda Ludger, content, puis moi, et me dit comme à un homme :

— Salut.

Il flatta mon chien et lui fit des compliments. Abruptement, il demanda à Ludger d'une voix autoritaire :

— Tes devoirs de classe ?

Un petit malaise comme à la vue d'une arithmétique nous parcourut tous les deux. Ludger grimaça et dit :

— Tu sais bien qu'ils sont finis.

Alors l'aîné promena sa grosse main sur le paysage, effaça ce qu'il avait dit, comme un maître au tableau noir.

— Allez, fit-il.

Puis il commanda à son cheval et s'éloigna vers les bâtiments.

J'appris une quantité de choses cette journée-là.

J'appris à attacher des nœuds et à détacher une vache avec le carcan, à faire des nœuds qui ne se dénouaient plus, à marcher sur des poutres de grange, à tourner le centrifuge, et j'étais émerveillé de voir la crème descendre par un tuyau et le lait par un autre.

Sur la pointe des pieds, Ludger m'amena à un pommier. Il écarta les branches et, visant la fourche de l'arbre, il me dit :

— Regarde.

Je vis une pincée de mousse, trois petits pois blancs tachetés de noir.

— Des œufs d'oiseaux-mouches, souffla-t-il.

Nous nous éloignâmes sur la pointe des pieds comme nous étions venus.

— Viens voir les moutons, me dit-il.

Pour la première fois de ma vie, j'aperçus des moutons dans la bergerie. L'un était debout. Avec sa patte fine comme un roseau, il ressemblait à une quenouille toute remplie de laine. Je le touchai à pleines mains.

Dans la grange, Ludger m'expliqua le mécanisme de la fourche à foin, de la batteuse au moulin, de la faucheuse, de la moissonneuse, du sarcleur mécanique, du râteau à foin. Il allait, vif, rouge, alerte, d'un instrument aratoire à l'autre, bondissant, le pied sûr et agile, baissant des toiles, actionnant des faux, pressant des clefs mystérieuses, faisant marcher des déclics, m'étourdissant de surprise et de joie. Il était heureux de me montrer ces appareils compliqués qui lui appartenaient et surtout de m'obliger à lui confesser :

— Tu sais des choses que je ne sais pas.

Il répondait :

— À l'école, je m'ennuie.

Puis il se hâtait d'interroger la porte pour s'assurer que personne n'était à l'écoute.

— Tu feras un habitant plus tard ?

— Oui, fit-il avec un lourd branlement de tête, comme s'il écrasait des tas d'obstacles.

— Ici, ils ne veulent pas ?

Il baissa l'échine et lentement, de tout son corps, il fit signe que non. Il me dévoila son âme. Par petits coups, il entra dans les confidences comme quand on déchire l'écorce d'un fruit avec les dents.

— Mon frère donne des coups de pieds dans la terre parfois, dit-il. Il serre les muscles et marmotte des mots que je ne comprends pas. Quand il revient du marché, il est de mauvaise humeur parce que nous sommes toujours pauvres. Il veut que je sois savant, riche, gras, avec le cou bien huilé et les mains blanches. Quand je fais mes devoirs à la lampe le soir, il vient s'asseoir à mes côtés et suit la plume qui fait des idées. Il flatte mes livres et dit : « Ludger, tends les câbles. Liberté, Justice ! C'est toi qui nous sauveras ! » Puis il regarde ses mains et se retire pour fumer.

J'imaginais dans l'ombre les mains craquées d'usure du frère bourru. Alors Ludger me coula un secret en plein dans les yeux, doucement, pour ne pas qu'un seul mot se perdît comme quand on verse de la crème :

— Ici, je suis le seul qui sait lire.

Puis il serra le poing sur le mancheron de la charrue, comme si quelqu'un le poussait et lui disait : « Range-toi donc ».

— Je suis un habitant moi, cria-t-il, en regardant le pic de la charrue qui semblait une proue de navire, il était beau comme un mousse à qui on a confié la barre...

— Viens voir le taureau.

Nous partîmes à la course. Il me montra le taureau dans une cage de fer, qui branlait sa chaîne.

— Je serai instruit en plus, dit Ludger, puisqu'il le faut. Je serai fort comme lui et sans la chaîne ! Viens à la maison.

Et je suivais ce petit bonhomme maigre qui commandait comme un chef, ce futur nourrisseur du monde, prêt à la souffrance, à qui personne n'aurait demandé la charité, qui trouvait juste l'échange des sueurs contre quelques sous noirs.

Je fis la connaissance de sa mère qui nous versa chacun un bol de lait. Près de la fenêtre de la cuisine, un vieillard fumait sans parler et une petite fille de dix ans à peine cessa de peler des patates lorsqu'elle m'aperçut. Ludger m'entraîna dehors. De la fenêtre, la petite, blonde enfant timide et belle, me suivait des yeux. En hâte, je détachai mon lasso pour lui démontrer mon adresse, mais je me pris moi-même dans le nœud coulant, détail assez humiliant. Elle riait à travers la vitre.

Nous fûmes au ruisseau, et Ludger m'apprit la vraie façon de pêcher les truites. La joie me secouait ! Nous visitâmes ses collets à lièvres, nous donnâmes la chasse à un « siffleux ». Mais le « meilleur » arriva pendant le dîner, dans l'herbe près du ruisseau. Ludger bondit soudain en jetant un œil dans la forêt et me souffla :

— As-tu vu ?

J'ouvris la bouche, interdit.

— Attends-moi sans bouger.

Il dégringola vers la maison et revint portant un gros fusil. J'eus peur. Il me fit chut... avec son doigt. Je le suivis, en marchant comme lui à pas de loup. À l'entrée de la montagne, il me dit à l'oreille :

— Là.

Et j'essayais de voir ce que ses yeux voyaient. J'imaginais un orignal énorme, immobile dans le feuillage avec sa paupière demi-close, faisant le guet. Silence complet dans les arbres. Il aplatit ses talons dans les ronces, épaula calmement et paff ! un paquet gris et brun culbuta entre les feuilles. Je tremblais de tous mes membres. Il cria :

— Courons en avant !

C'était une perdrix. Il me la fit toucher. Elle était chaude sous les plumes, du sang coulait sur sa fale. Il lui colla les pattes, la secoua et dit :

— Emporte-la.

Je le suivis, à petits pas muets, balançant la perdrix qui avait fermé les yeux. Le bout du canon fumait encore et Ludger, plus fier qu'un premier de classe le jour des prix, me précédait en sifflotant. L'aîné nous attendait sur le perron. Il me dit :

— Laisse voir l'oiseau.

Il examina la perdrix, le trou de la balle, l'usure des pattes et, sans un mot, il disparut dans la maison. Ludger me cligna de l'œil.

Après avoir charroyé des piquets de clôture derrière la grange, couru des lapins et boxé avec la chèvre, je dus partir. Mon danois, endormi dans l'étable, fut attelé. Ludger attela aussi son chien et nous nous mîmes en route.

— Salut, m'avait dit l'aîné, en me frottant les cheveux. Tu reviendras.

Passant près de la maison sous la fenêtre, j'aperçus un paquet de plumes frissonnant dans l'herbe. Je sautai en bas de ma voiture et je choisis les plus belles que je piquai dans ma visière de casquette comme un trophée. En relevant la tête, je vis dans la fenêtre la petite fille qui me souriait.

Je lui tendis une plume, elle approcha la main, mais la vitre nous séparait. Je laissai la plume sur le bord du chassis et en vitesse je rejoignis Ludger, déjà loin.

Sans parler, l'un derrière l'autre, chacun avec notre animal dompté et notre équipement de gavroche, nous avions l'air, dans ce soir descendant, de deux petits soldats en terre pacifique qui ne veulent pas apercevoir, dans l'horizon trop calme, un point noir qui vient avec lenteur. Nous devinions confusément qu'il nous faudrait, un jour ou l'autre, livrer une grande bataille.

Mon frère le premier avait découpé dans une revue l'image d'un équilibriste traversant une chute sur un fil de fer. Il avait collé cette image au-dessus de son lit. Le soir de ma journée mémorable, j'examinai longtemps le visage de ce héros, à l'aise entre les bouillons sauvages et les nuages blancs, autant que nous sur un trottoir. Maintenant j'avais l'assurance que sur la terre ferme, sous le nez des gens, cet homme devait bégayer.

Je m'endormis en cataloguant dans ma tête toutes les péripéties de mon excursion, pour les raconter en détail à mes frères et sœurs.

Et c'est assis sur le toit de l'auto rouge, le lendemain dimanche, dans le vent tiède d'octobre, que je confiai à Fidor mon aventure du Fer-à-Cheval. Le père Richard se promenait lentement à vingt pas de nous. Fidor m'écoutait pieusement, en mordillant un coin de sa bouche. Il approuvait, souriait et se confirmait dans son idée que pour un pauvre, la science des animaux, la science des choses simples, réussit mieux le bonheur que la science des livres.

Deuxième partie

X

Si l'on avait offert à Fidor et à moi de passer toute l'existence au bord de la vallée, avec notre taille et notre vocabulaire d'enfant de douze ans, dans l'ignorance des villes, des lois, des thèses, des pays lointains, nous aurions accepté.

Être enfants de montagnes pour l'éternité nous aurait suffi amplement. Je n'aurais pas échangé mon sac d'écolier ni Fidor sa science des animaux, contre la serviette de n'importe quel homme à succès. Que nous importaient les liasses de papier d'argent et la puissance des diplômes quand nous n'attendions rien de personne, quand nous étions libres comme des écureuils, riches de tout et de rien, un lasso sur l'épaule en guise de besace et le gosier plein de chansons.

Fidor m'avait fait connaître le mot amitié, c'était merveilleux ; maman et les gardes-malades, le mot courage ; papa et mon frère le premier, celui d'audace ; Anne-Marie et mon frère le deuxième, celui de musique ; Gaspard Lavoie, celui du théâtre ; Lédéenne, tout cela ensemble ; Ludger, terre. Dans mon vocabulaire du temps figuraient aussi les mots larmes, tempêtes, punitions ; j'avais entendu quelques blasphèmes et aperçu de loin des ivrognes. Mais je me serais passé des mots : séparation, feu, haine, accident, vol, guerre, mort.

Mots atroces !

On se demande plus tard quand on est homme, dans un *meeting* ou dans l'église, coude à coude avec la foule sur une place publique, on se demande d'où viennent les cheveux blancs, les rides dans le visage, les tics nerveux, les dos courbés, les myopies, les tremblements de genoux, les syncopes, les yeux hagards, les lèvres ruinées et les crevasses sur la peau... tout cela vient des mots atroces. Ce sont eux qui font vieillir. Ce sont eux que la religion, plus sage, nous apprend à accepter. Hélas ! nous étions de la même argile que tous les enfants de montagnes ; le vent nous poussait dans le dos et nous disait : « Marchez, la terre n'est pas l'endroit pour s'arrêter, allez de l'avant. » L'homme est ainsi fait que grands bonheurs ou grands malheurs ne peuvent le retenir. C'est la loi. Et nous suivions la loi. Il était impossible d'y échapper.

Le mot amour, entendu pour la première fois dans la bouche du comédien Gaspard Lavoie, ne m'avait qu'effleuré. C'est chez le barbier, précisément l'interprète des rôles d'amoureux, que j'entrevis le dessous de ce mot. Il me frappa comme une mer en remous, vomissant ses déchets, frappe celui qui la voit pour la première fois. Moi qui le croyais réservé aux anges, ce mot blanc ! Je n'aurais jamais cru que, derrière sa façade toute lyrique et gracieuse, commençaient des couloirs infects qui conduisaient à l'abîme. Voici, sous son vrai jour et non sous le masque, l'homme qui me révéla le mot terrible.

Ce barbier était un type assez grand, maigre, pointu du derrière, des épaules, de la tête, qui sentait l'eau de cologne dont il parfumait sa chevelure plate et luisante comme une queue de castor. De la scène, costumé, maquillé, empanaché, il avait l'élégance d'un seigneur, mais vu de près dans sa jaquette blanche de barbier, son

132

propre texte en bouche, il était laid et intimidant. On ignorait tout de lui, sinon qu'il pensionnait rue Saint-Pierre, portait des gants même en été et clignait de l'œil aux filles du couvent par-dessus la barrière. Il prenait ses rôles au sérieux, je crois.

Cet homme, tranquille comme l'eau dormante, affichait pourtant un goût exagéré pour le brillant et l'artifice. Outre ses lunettes au tour doré, il portait une montre-bracelet en or, une épingle en forme de serpent sur sa cravate, une chaîne en or qui tenait un petit canif et deux bagues en or aussi qui, au moindre geste, glissaient dans son doigt grêle. Sa tenue était impeccable : le pantalon pincé, le soulier brun verni comme un meuble, et sa blouse blanche empesée, le faisaient se tenir raide et droit.

Nous les garçons, nous avions l'habitude d'aller chez lui pour la coupe de cheveux mensuelle et pour le grand rasage de la tête, au début de l'été.

Un après-midi, j'entrai dans son salon comme à l'ordinaire. Tout brillait en ordre dans l'odeur de poudre. Pas de clients. Je préférais la présence des clients, surtout de ces impressionnants bavards aux voix orageuses, aux gestes de parlementaires, qui gèrent, digèrent, nouent, dénouent les problèmes de l'État et de l'univers comme s'ils découpaient les pages d'un livre avec un coupe-papier. D'attendre sur une chaise à barreaux, de feuilleter des revues tout en écoutant les conversations m'amusaient follement. Cette fois-là : salon vide.

L'homme en question se tenait derrière les portières, sortes de draperies vertes avec des glands, qui cachaient l'arrière-boutique, d'où je voyais dépasser ses pieds. J'entendais sa voix étouffée qui, tâchant d'être calme, disait :

— Va-t'en. Maintenant c'est assez. Un client vient d'entrer, va. Sois sage.

— C'est un enfant, lui répliqua une voix de femme.

— C'est un client.

Puis il parut, souriant. Ses lèvres étaient rouges et enflées. Une veine bleue, de la même forme que le petit serpent sur sa cravate, sortait de son front. Il décrocha la planchette de bois, siège pour les enfants, qu'il posa sur la grosse chaise par-dessus les bras, et me fit monter. Il s'appliqua de toutes ses forces, je le voyais bien, à concentrer son esprit sur ma tête pour oublier je ne sais quoi. La veine de son front semblait pleine de colère, mais il souriait un peu comme au théâtre. Il déplia une serviette neuve, qu'il fit claquer avant de me la passer au cou.

— Comment les veux-tu ?

— Courts.

Le petit râteau électrique se mit à me sarcler la nuque, le tour des oreilles, les tempes. Les portières bougeaient là-bas. Puis, j'entendis la voix de femme qui disait câlinement comme une chatte qui appelle :

— Lucien, mon Lucien...

Le barbier me lâcha un grand soupir dans le dos, arrêta le moteur et s'en fut vers les draperies, le sourire aux lèvres.

— Va-t'en, j'ai un client, dit-il.

— Lucien, miaulait la voix de femme.

— Ah ! Sainte paix ! Sainte paix !

— Lucien, répétait la voix, tenace comme la pluie qui tape sur la vitre.

Après un silence et des soupirs et des froissements de linge, j'entendis le barbier qui disait comme à un enfant :

— Allons, mouche ton nez. Ne pleure plus. Assieds-toi.

Le barbier revint vers moi. Il était nerveux et sa pomme d'Adam pointue roulait des jurons dans sa gorge. Il reprit son travail avec les ciseaux cette fois ; ses longs doigts secs les faisaient claquer. De temps en temps, pour se soulager, il me prenait le toupet et taillait comme dans de l'étoupe, en souriant. Tout à coup, il jeta brusquement ciseaux et peigne sur la tablette parmi les flacons et courut vers les draperies.

Alors j'eus le temps d'entrevoir une femme en robe, tête nue, assise sur une petite chaise dure sous le téléphone à long bec, qui pleurait, pleurait en tenant son mouchoir sur ses dents comme un bâillon pour s'empêcher d'éclater. Elle suppliait :

— Non, non, non, Lucien...

— Assez, viens, disait le barbier sans enfler la voix.

Puis les portières s'ouvrirent, et je vis le barbier, pâle, la veine grossie, des barres dans les joues. Il avait posé le manteau sur les épaules de la femme et la poussait dans le dos avec le plat des mains. Je ne vis pas le visage de la femme à cause d'un châle qu'elle avait passé sur sa tête et qu'elle laissait venir sur ses joues.

— Va, va, lui disait doucement l'homme.

Je baissai les yeux, étrangement gêné. Qui était cette dame qui avait une si grande peine ? Le barbier la prit par le bras et la conduisit à la sortie, en guettant par la vitre la venue probable de clients. Il ouvrit la porte, et voilà ce qui me surprit beaucoup : la femme s'accrocha à la main de l'homme, y pressa ses dents comme pour la mordre en grognant comme une bête :

— Je t'aime, je t'aime, je t'aime !

Trois fois ! Lui s'arracha brusquement de l'étreinte et claqua la porte. Maintenant elle était dehors et traversait la rue, la figure toujours cachée sous le voile. Malheureuse comme une fleur dans la neige, elle disparut. Les secondes qui suivirent furent remplies de soupirs — le barbier me les lançait dans le dos — des soupirs si longs que j'en sentais la chaleur à travers ma chemise.

— Jupes ! murmura-t-il.

Je le regardais dans le miroir. Il s'en aperçut et sourit, mais son sourire n'était plus celui d'un jeune premier.

— Tu n'es pas pressé ?

— Non, monsieur.

Il sortit une cigarette d'un boîtier en or, la piqua dans un porte-cigarette en or et tira quelques longues bouffées avant de continuer son travail. Cela lui fit du bien. À travers la fumée, il voyait, j'en suis sûr, cette femme en larmes qui lui avait mordu la main.

— Quand tu seras grand, fuis les femmes, dit-il avec sa belle voix de comédien, en écrasant sa cigarette dans ses doigts.

Je rougis. Il semblait envier mon ignorance et mon âge. Il se leva prestement, m'aspergea d'eau de cologne, se remuant pour oublier cette scène ; il me gratta le cuir chevelu, me sépara les cheveux par une raie blanche. Je lui remis mon vingt-cinq sous, sautai en bas du siège et m'en fus en dansant. Au coin de la rue, je me dépeignai en vitesse afin que Fidor me reconnût et, les mains dans les poches, je pensai à la femme qui avait dit : « Je t'aime ».

Voilà. C'était mon heure d'y penser. J'essayai de trouver une définition de la femme et pourquoi n'étions-nous pas tous pareils sur terre. Pourquoi elles en robes et nous en pantalons ? Pourquoi les hommes avaient-ils une grosse voix et elles une délicate ? Pourquoi, quand à ma voiture j'attelais Lédéenne, ne pouvait-elle courir et sauter comme Fidor ? Pourquoi la vieille fille, notre voisine, commis au bureau de poste, se laissait-elle prendre au lasso et riait-elle si fort quand on lui attachait mains et jambes ?

Pourquoi mes sœurs avaient-elles de si petits pieds dans le sable ? Maintenant, qu'allait-il arriver au barbier ? Qu'avait d'aimable cet homme laid, aux cheveux minces et à la peau jaune comme ses bagues ? Intrigué et curieux, piqué pour en savoir davantage et n'osant communiquer à personne mes problèmes, je fis un détour. Une couple d'heures plus tard, l'air distrait, je repassais devant le salon du barbier. La porte était sous clef, la toile baissée ; et dedans la vitrine, un carton avec le mot « fermé » pendait. Je m'en fus à mes jeux pour écraser toutes ces choses.

Le lendemain soir, Fidor arriva chez moi, me poussa dans un coin. Avec grand mystère, il me dit :

— Au petit lac, des hommes en canot cherchent.

— Quoi ?

— Avec des gaffes, une femme qui s'est noyée.

— Comment !

Il répéta tranquillement son affreuse nouvelle. La femme au mouchoir sauta dans mon cerveau, et je la vis dans un éclair se lancer du haut du pic ; ses cheveux se dénouaient dans la chute, l'enveloppaient et lui faisaient un bâillon. Je savais tout, mais je me tairais. Personne au monde ne m'aurait fait dire que j'avais vu pleurer cette femme dans le salon du barbier. Fidor me secoua l'épaule par deux fois :

— Rêves-tu ?

— Non, non. Allons-y.

Et en cours de route, Fidor fit voir, par quelques paroles, qu'il en savait beaucoup plus long que moi. Comme nous arrivions au bord de l'eau par la route des pêcheurs aux petits poissons, un homme vidait son canot.

— Vous l'avez repêchée ?

Il nous montra une automobile qui s'éloignait là-bas en vitesse et des gens qui couraient par derrière. Nous marchâmes jusqu'aux bords escarpés, où l'abîme se creusait devant nous. Ce devait être là qu'elle s'était lancée. Fidor huma l'endroit et dit en fixant l'eau, lui qui savait les sciences :

— Elle a dû crier un grand cri !

Au souper, papa discrètement dit à ma mère :

— Ils l'ont repêchée. C'est Bérubé qui l'a repêchée.

Papa s'absenta cette veillée-là. Mes frères et sœurs parlaient de noyades en prenant des voix sourdes comme le fond des mers. Ma sœur la sportive s'en fut vers la petite bibliothèque et revint avec un livre dans lequel il y avait des pieuvres endormies au fond d'une eau mystérieuse. Moi, je voyais toujours une femme lisse et belle rouler dans l'onde, mordre des branches marines avec des bagues, en disant : « Je t'aime, toi ! »

Le lendemain, Fidor et moi passions chez le barbier. Plus rien. La boutique était vide. Des déménageurs sortaient les chaises et les armoires. Les tablettes, débarrassées de leurs serviettes et de leurs poudres, montraient leur saleté. Seul le grand miroir dans lequel le barbier m'avait souri pendait au mur. On nous dit :

— Allez-vous-en.

Le barbier était parti. Nous n'en sûmes pas plus long ; et c'était suffisant pour nous donner la chair de poule. Mais, quelques jours plus tard, en écoutant parler les gens de la fanfare, nous apprîmes que cette femme était la femme de Bérubé...

Après avoir repêché son infidèle, le forgeron arriva lui-même chez l'homme qui lui avait volé sa femme ; il paraît que le barbier, qui n'avait plus l'air d'un Don Juan du tout, craquait de tous ses membres en tournant un rasoir dans sa main. Bérubé s'était avancé sans craindre, comme au premier contact avec un cheval dangereux à la forge. En faisant trembler les fioles, il avait dit à l'autre :

— Approche pour payer.

Brandissant une bouteille, il l'avait cassée sur la tête de l'homme pointu en criant :

— Sors de la ville tout de suite, cochon !

À partir de ce moment, le forgeron délaissa ses marteaux et son feu. Les étoiles rouges qui bondissaient autrefois sous le soufflet de la forge, moururent de froid. L'homme gaspillait ses journées à la taverne, incliné sur sa peine. Souvent nous l'apercevions de loin, malpropre, titubant, une poche d'huîtres sur l'épaule, tête nue au milieu du chemin, la barbe hirsute, qui chantait à pleine gorge : « *J'ai pas choisi, mais j'ai pris la plus belle.* »

Il s'était arraché le cœur. Gaspard Lavoie avait eu raison. Il se pouvait qu'un homme pût vraiment s'arracher le cœur pour une femme. Je n'avais pas attendu longtemps pour en avoir un exemple vivant.

Fidor et moi avions résolu catégoriquement de nous méfier des belles femmes et des hommes parfumés.

*
* *

Un soir, notre voisine de gauche, la vieille fille qui travaillait au bureau de poste, se précipita chez nous, les doigts ouverts en éventail et les cheveux pendants. Avec des yeux remplis de terreur, elle se rua chez mon père qui fumait tranquillement dans la salle de gauche :

— Vite, un voleur, venez, un voleur dans ma cour !

La cour de cette dame était bouchée par un long hangar, notre propriété, où mon père d'un côté entassait sa glace dans le bran de scie et de l'autre remisait ses traîneaux ; le fenil était bourré de foin qui pendait par les petites portes. Papa se rend dehors précédé du danois. Tout à coup, on entend le chien qui jappe, une planche qui tombe et un bruit comme une toile qui se déchire. Papa fonce dans la cour, prend une voix bourrue et donne des ordres. Quelques secondes après, nous voyons sortir du trou d'ombre un homme courbé en deux, enfargé dans un imperméable jaune, déchiré de l'épaule jusqu'en bas.

— Entre ici, commanda mon père.

Et chez la vieille fille, il fit entrer le voleur.

— Assieds-toi.

Peureusement l'homme obéit. Sur une chaise de la petite cuisine mal éclairée, il déposa deux livres de beurre et une chaudière de miel, volées dans la glacière, sur la galerie de la vieille fille. Il regardait distraitement par la porte et semblait dire à l'obscurité : « Attends-moi, j'arrive ».

— Si Bérubé savait ! lui dit mon père.

— Non, non, je m'en vais. Je passais, c'est la faim. Donnez ma montre à la femme.

— Je ne veux pas de sa montre ! cria la vieille fille. Qu'il s'en aille !

— Bon. Déguerpis, commanda mon père.

Et l'homme se coula dans l'ombre, en fut tout enveloppé, et disparut. Moi, je ne l'ai pas vu de près, mais il paraît que sous ses cheveux, sortait une large coupure.

Cette nuit-là, j'eus des cauchemars : je revis la bataille de chiens et la belle femme qui était venue féliciter Fidor en lui touchant le menton... Gaspard Lavoie qui disait : « Je m'arracherai le cœur... », le forgeron, sa poche d'huîtres sur l'épaule et le barbier vêtu en chevalier qui saluait une foule délirante !

Voilà la première version que je connus des mots amour et voleur.

XI

Il travaillait à la manufacture de pulpe, revenait le soir, fatigué, la figure et les mains barbouillées de suie, et repassait le lendemain, toujours, comme un bon journalier. Un peu plus grand que la plupart de ses camarades, il portait sa boîte à dîner au bout d'un cordon de cuir, en bandoulière comme un fusil.

Eustache était son nom. Il marchait toujours avec le nain, un compagnon de travail qui demeurait près du collège. On ne remarquait pas plus Eustache que les autres ouvriers jusqu'au jour où monsieur le curé et le maire de la place (un capitaine de l'ancienne guerre), passant en voiture ouverte devant chez nous, l'avaient salué poliment de la main comme s'il eût été un personnage important. Même le maire avait crié :

— Ça va, Eustache ?

Et Eustache avait fait signe que oui. Le même soir, j'avais demandé à mon père pourquoi l'on saluait Eustache de la sorte. Mon père avait répondu :

— Tu verras à la Saint-Jean-Baptiste.

La fête était loin, je l'oubliai et j'oubliai Eustache. Vint le vingt-quatre juin. La veille, j'avais entendu répéter dans la cuisine :

— C'est le jour à Eustache demain.

J'avais bien hâte. Les cloches, ce matin-là, étaient si gaies qu'elles récitaient l'angélus en riant. Le ciel était bleu. Ça sentait la fête. Les banderoles, les étendards, les drapeaux claquaient dans la brume. Tout le monde était endimanché. Congé civique, magasins fermés. La parade commençait à dix heures après une messe solennelle. Grand rendez-vous au parc en face du couvent. Les soldats s'y hâtaient en se mirant dans les vitrines. Près du presbytère, sur la grande estrade, on recollait la longue inscription blanche : DIEU, PATRIE, que le vent avait détachée durant la nuit. J'étais dans la rue, au parc, chez moi, chez Fidor, à dix places à la fois tellement cette fête m'excitait.

La messe terminée, la foule de plus en plus dense s'alignait le long de la rue et guettait la tête de la procession.

Fidor et moi, à califourchon sur la clôture de bois près de l'estrade, nous pouvions voir jusqu'au fond de la rue comme dans le fond d'une bouche. Les premiers, nous aperçûmes là-bas dans le soleil, entre deux maisons, un beau cavalier à chapeau de plumes sur un cheval blanc qui piaffait. C'était monsieur Larue, le chef de police, rose, bien rasé, bien astiqué, fier comme un général victorieux entrant en pays conquis. La foule, en se bousculant, le regardait, riait et applaudissait.

Suivait le corps de police : quatre par quatre, des hommes en bleu, montés aussi sur des coursiers au poil luisant, ouvraient la parade à la suite de leur chef. C'était magnifique.

Venaient ensuite les porteurs de drapeaux, de bannières, les députations de différents groupements civiques, les collégiens de la grande cour en pantalons et chandails blancs, les filles en robes blanches avec leurs yeux de soleil, la fanfare avec ses instruments de cuivre d'où sortait la lumière, puis les chars allégoriques.

Le premier : *la forge*. Un poêle fumait pour vrai dans une grosse voiture tirée par quatre chevaux fleuris et pomponnés ; un homme poilu chauffait des fers en riant comme Satan. C'était drôle.

La glèbe : deux vrais cultivateurs à peau brune, en chapeau de paille, semaient du vrai blé dans de la terre noire.

La voiture suivante était traînée au joug par deux bœufs rouges, cornus et pesants, les deux bœufs que j'avais aperçus dans la prairie en allant au canton Mayou. Puis un autre char : *le moulin* ; un autre : *la veillée*, plusieurs autres dont je ne me souviens plus. Après que le saint Jean-Baptiste fut passé, il y eut un brouhaha dans la foule, des bravos et des hourras. Plusieurs criaient :

— Les zouaves !

À cent pieds, là-bas, les zouaves s'avançaient avec majesté. Ah ! le beau rythme ! La belle formation ! Splendide régiment fier et déluré ! On aurait dit qu'il n'y avait qu'un seul zouave à plusieurs pattes, des pattes blanches qui se pliaient au genou et retapaient du talon comme un seul talon. Les bouffantes rouges, la ceinture bleue, la veste bleue, et l'orgueilleux képi qui dégageait si bien le front avec sa visière dorée, et le balancement de ces corps sanglés ! Quelle merveille !

Boum ! bang ! Les dignitaires de l'estrade se raidissent, quelque chose va se passer. Le maire-capitaine, d'un coup de jarret, se lève le premier : une colonne de zouaves passe triomphante. Un doigt sur la bouche, nous dévorons ces formidables héros moins avec l'envie de crier que de pleurer.

Bang ! bang !

— Eustache ! lance un homme avec une grosse voix.

Bang ! bang ! par-devant, par-derrière, sur le côté, par-dessus, deux mailloches à la fois, en croisant et décroisant, un tambour plein le ventre, le plus beau des zouaves paraît : Eustache ! Transformé, méconnaissable ! Un sourire, tête fière, jambes nerveuses. Sa manche était relevée et l'on voyait les nerfs de son poignet, bang ! bang ! C'était lui le centre, le point de mire, lui qui faisait piaffer tous ces hommes et se balancer toute cette foule. Eustache, rythmeur de parade ! Debout sur ma clôture, je le mangeais des yeux. Le voilà qui passe devant l'estrade. Quel homme ! Fidor tordait un coin de sa blouse.

Là, j'ai capté une image dont je me souviendrai toute ma vie : le maire-capitaine, d'un geste brusque et digne, ramène au front sa main gantée pour saluer le gros tambour qui passe et monte. Eustache, face à gauche, sérieux, avec des muscles dans les joues, répond au capitaine.

Puis je ne vis plus rien. Fidor aussi pleurait. Je me souviens de deux mailloches blanches qui se croisaient dans l'air, au bout de deux poings... bang ! bang ! plus faiblement qui s'en allaient là-bas, et des voix basses qui disaient : « Eustache » avec la même vénération que les maîtres dans les écoles quand ils disent : « Napoléon ! »

Les jours suivants, je guettais la sortie des ouvriers et j'en suivais un des yeux aussi loin que possible. J'avais quelque chose à lui demander.

— C'est l'heure, le voilà, me disais-je en dedans pour me décider.

Mais chaque fois la peur me paralysait. Je le regardais s'éloigner. J'eus recours à Fidor et lui fis part de ce que je voulais dire à monsieur Eustache.

— Demain soir, à la sortie des hommes, je serai ici et nous lui parlerons. Ta demande a du bon sens.

Le lendemain à cinq heures, Fidor était chez moi. Nous avions laissé nos jeux et, graves, nous repassions dans nos têtes la question que nous voulions poser au zouave.

— Le voilà.

Le nain, en faisant des petits pas rapides, trottinait près de l'ouvrier. Fidor me tira par la manche et me fit entrer dans les rangs avec lui, derrière Eustache et le nain. Eustache, en se retournant, nous souriait. Chaque fois, nous ouvrions la bouche... mais rien ne sortait. Au bout de la rue Claire-Fontaine où les hommes se dispersaient à droite et à gauche dans d'autres rues, nous fûmes seuls avec eux.

— Tu nous suis ? demanda Eustache à Fidor.

— Oui.

— Que veux-tu ?

— On voudrait vous poser une question.

Les deux hommes se regardèrent en clignant de l'œil et s'arrêtèrent.

— Parle.

— Dis-lui, me souffla Fidor.

Avec une petite voix bien timide que je ne reconnus pas moi-même, je bégayai à monsieur Eustache un mot qui me paraissait lourd comme une tête de massue :

— La guerre.

— Quoi ?

— La guerre.

— Ensuite ?

— ...Vous ?

Le nain devint sérieux. Je me mis à trembler. Les sourcils d'Eustache s'étaient rapprochés. Il dit :

— Oui, je suis allé. Ensuite ?

Ramassant un caillou pour me donner une contenance, je dis :

— Nous voulons savoir : qu'est-ce que la guerre ?

Il leva la main comme pour nous chasser, comme pour aplatir un peuple de fantômes surgis du sol, mais il changea d'idée. Il fit un pas vers moi, me prit la tête doucement et la colla sur sa hanche qui sentait l'huile. Je restai longtemps ainsi. Sa grosse main me labourait l'épaule. Lui aussi cherchait des mots et rien ne venait. Brusquement, il dit :

— C'est laid. Allez jouer.

Le nain regardait à l'horizon, et à l'horizon il y avait le psaume de la vallée tranquille qui se baignait dans le couchant. Nous partîmes, tristes.

— Retourne-toi, dit Fidor un peu plus loin.

Je vis que les deux hommes n'avaient pas bougé : ils nous observaient. Libres, jeunes et puissants, avec notre cœur, nos pieds et nos poings neufs, en avalant beaucoup d'air dans la paix chaude de la rue Claire-Fontaine, pour les deux hommes qui avaient souffert, nous fîmes un grand plongeon !

XII

Les garçons de ma rue étaient de grands amateurs de balle
au camp. Aussitôt les devoirs de classe terminés, vite,
sans prendre le temps d'éponger la dictée ou de boucher
l'encrier, nous plongions les mains tachées d'encre dans
la boîte aux jeux, et hop-là ! en coup de vent, nous filions
dehors, les bras chargés de bâtons, de balles, de gants et
de mitaines. Deux doigts dans la bouche, je sifflais pour
le rassemblement des gavroches de la rue Claire-Fontaine.
De toutes les maisons ils venaient : têtes rouges, têtes
blondes, maigriots, gros ventres, mauvais perdants,
criards, le peuple des enfants accourait. Nous nous sépa-
rions en deux camps, et, en pleine rue, entre la maison et
le hangar aux quatre portes numérotées, dans les pirouettes et les hourras, nous commencions une partie.

Je me permets ici une parenthèse pour parler d'un
vieux frère du collège, attaché à la cour des petits, un
grand charitable ami et protecteur des enfants, au cœur
profond jusqu'aux étoiles.

Il s'appelait Martinien, et sa vocation semblait être
d'empêcher les cœurs de vieillir. Lui-même à soixante
ans, aussi alerte qu'un enfant de chœur, faisait avec sa tête
blanche le plus beau des diacres.

Il détestait les enfants vieux. Un homme qui n'avait
point d'enfance dans quelque coin de son être, ne

l'intéressait pas non plus. Il avait sa façon de rajeunir les adultes en leur poussant sous les yeux, par toutes sortes de moyens, des images du premier âge. Fondateur du régiment des petits zouaves du collège, il avait été aussi le dessinateur de notre uniforme : rouge de bas en haut, galonné d'un petit cordon jaune qui au soleil paraissait d'or. Il était le promoteur des clubs de hockey de la petite patinoire, qu'il avait nommés les « Taons » et les « Maringouins » ; chaque enfant avait sa lettre « T » ou « M » cousue sur une paire d'ailes fixée au chandail. Il montait annuellement des pièces enfantines : *La fée Bonbon*, *Le roi perdu*, *Tom Pouce*, que la ville venait applaudir. La chose était reconnue : quand notre petit régiment passait dans la rue commerciale, jetant des airs de clairon dans les portes ouvertes, c'était un arc-en-ciel tombé de son sac, qui remuait des paillettes de couleur par-dessus la saleté.

Mon frère le deuxième et moi faisions partie du corps de tambours et clairons ; lui savait porter l'instrument sur la hanche avec la noblesse d'un manieur d'épée ; moi, je jouais la grosse caisse, évidemment pas plus grosse qu'une marmite, mais qui sonnait comme un tonnerre. À la moindre fête sur le calendrier, nous déambulions sur la place publique, arrêtant la circulation, obligeant les voitures à se ranger, forçant les visages nuageux à s'ouvrir. Les gens du trottoir nous suivaient à l'assaut des pays de confiance. Durant trente ans, avec une patience de fourmi, cet homme sans titres apprit aux enfants à faire des *m* avec trois pattes, des *t* avec une barre, des *i* avec un point et une vie avec de l'idéal. Comme récompense à nos petites compositions dans le cahier à deux lignes, il nous donnait un gant ou une mitaine pour le jeu de balle, des jambières ou des genouillères pour le hockey, qu'il fabriquait à la main, comme un bon artisan.

Son pupitre ressemblait à un établi de cordonnier : cuir, ligneux, colle, ficelles, voisinaient les cahiers de devoirs, les bouts de craie et les livres de classe. À la salle d'étude, il nous surveillait par-dessus ses lunettes à double foyer, tournant, cousant, étirant, arrondissant des balles au camp dures et solides, orgueil non seulement des élèves mais aussi des grands clubs de la ville. Voilà un humble portrait de l'homme qui nous a montré nos lettres.

Donc, un soir que nous étions en pleine partie dehors, deux hommes sur les buts et Fidor au bâton, la camionnette du boucher, un des premiers « moteurs » à se balader dans la ville, arrêta devant notre maison. Le boucher, qui, dans une boîte de bois sous son comptoir à viande, nous gardait chaque samedi des os pour nos chiens, nous cria en pointant sa voiture :

— Hé, les barbouillés, attention à la brouette !

C'était un rond petit bonhomme rose, imberbe, bedonnant, aux joues et aux mains grassettes, potelées, semblables à des pattes de porc. Il portait toujours un chandail de laine brun et un chapeau de paille rond et plat semblable à une assiette. Je n'ai jamais vu son chandail attaché et je ne me souviens pas d'avoir vu cet homme décoiffé. Il ne marchait pas, il roulait : vraie boule de graisse ; jusqu'à son rire qui roulait lui aussi, avant de bondir dehors comme une cascade. Il entra chez nous, après avoir discrètement envoyé la main à l'Irlandais qui épiait debout au fond de la cour. Papa l'attendait. Tout de suite, il le fit passer dans la salle à fumer.

L'entrevue dura une bonne demi-heure. Nous en profitâmes pour nous asseoir à la roue, faire crier le klaxon, pousser les pédales, tourner le volant, allumer les phares. Quand il revint, nous nous étions envolés. Caché sous la galerie, je l'entendis dire à mon père :

— Je te le présenterai demain soir. C'est un expert, tu verras toi-même.

Le lendemain soir, la camionnette revint, cette fois avec un personnage de plus, un Anglais, lunettes à la main, vêtu richement, serrant sous le bras une serviette de cuir. Cet homme m'était inconnu. Je passai par la cuisine et je me blottis dans le corridor près de la porte de la salle où causaient les trois hommes. J'essayais de saisir leur conversation, mais ils parlaient anglais. Je distinguais seulement la voix bourrue de mon père qui disait après chaque phrase de l'Anglais :

— *I see, I see !*

Je risquai un œil dans la fente de la porte.

L'Anglais se leva soudain, fouilla dans sa serviette, sortit un long papier qu'il déplia avec bruit sur le bureau. Des silences suivirent. Les trois têtes se tenaient penchées sur le papier.

— *I see, I see*, répétait mon père à l'Anglais qui lui montrait quelque chose. Puis les visiteurs se retirèrent. Le boucher disait à mon père :

— Tu vois, ce n'est pas malin. Penses-y.

Bien après leur départ, pendant que papa et maman causaient à voix basse dans la cuisine, je me faufilai dans la salle et, sur le bureau de mon père, je vis tout étalée encore, une carte géographique neuve, immense, colorée, avec des x au crayon rouge en certains endroits. Dans l'odeur de pipe et de cigare, j'aperçus des forêts, des lacs, la mer, des noms étrangers que je ne pouvais prononcer et qui me faisaient peur. Pour une seconde, j'eus l'impression d'être un enfant égaré dans la foule, une foule qui ne parlait pas la même langue que la mienne. Je me mis à détester ce papier, l'Anglais et le boucher, comme des intrus, comme une pluie sur une fête, comme des ciseaux qui coupent la joie.

*
* *

Les framboises étaient mûres. L'automne vint. Il fallut recouvrir nos livres, recouvrir aussi nos vacances, nos culbutes dans la côte de la Saint-Maurice, nos longues flâneries autour des wagons de fruits chez Grandlac, et recommencer à pleurer.

Les samedis d'automne, nous allions aux noisettes avec la poche sur le dos et des gants de cuir. Au retour de ces excursions, nous trempions la poche dans l'eau et à tour de bras nous frappions sur le ciment pour enlever les piquants. Puis nous écalions nos noisettes sur la galerie et, comme des écureuils, nous courions au grenier pendre nos provisions dans une petite poche blanche.

Un matin, mon frère le deuxième assis dans son lit, les yeux pleins de sommeil, fixait le dehors.

— Viens voir, me dit-il.

Longtemps, nous sommes restés là à rêver : la première neige était tombée. La clôture de la cour, les rosiers secs, la cage des lapins, les toits étaient coiffés de ouate. On aurait dit que les ronds petits nuages floconneux et blancs que l'on voit errer durant les chaleurs, s'étaient tous abattus dans notre jardin comme des oiseaux migrateurs et se reposaient un peu avant de lever l'aile.

— Et l'été ? dis-je à mon frère.

— Il est parti, répondit-il.

— Pourquoi ?

Sans me regarder il fit :

— Sais pas. Peut-être qu'il n'aurait pas dû !

Puis il retomba dans son silence, les yeux fixés sur les boules blanches qui se balançaient dans les rosiers.

Les samedis d'hiver, nous allions à la montagne. Nous attachions nos traîneaux à la *sleigh* de Charles Bédard et jusqu'au faîte, en tapant des boules de neige dans nos mains, nous montions sans marcher. Les glissades se succédaient toujours plus rapides, plus blanches, plus rieuses !

Les bûcherons enlevaient le *mackinaw*, prenaient la hache et han ! han ! Le bois voisin répondait han ! han ! Oooh ! criaient les hommes, oooh ! répliquait l'écho, et crac, griche, frouche, crac ! un arbre plongeait en hurlant, secouait la neige...

C'était le silence. Nous accourions pour toucher la tête de l'arbre et restions de longs moments à contempler le trou dans le ciel !

Papa de loin sifflait la chanson :

Ho donc, ma hache et mes souliers !
Que d'ouvrage on a aujourd'hui !
Pas de flânage dans le métier
Il faut bâtir pour les petits !

Un samedi, vers quatre heures, sur le fin haut de la montagne, comme je m'apprêtais à descendre, mon frère le deuxième m'arrêta par le bras énergiquement :

— Écoute !

Le traîneau sur la poitrine, la tuque à la main, j'écoutai et j'entendis la cloche du feu lancer son alarme là-bas sur la ville. Toute la vallée semblait attentive, une main derrière l'oreille.

— Un coup, deux coups, comptait mon frère.

Puis, silence.

— Écoute ! Un coup, deux coups, trois coups, quatre coups.

Puis, silence.

Deux et quatre. Vingt-quatre. Chez nous ! cria-t-il. Viens !

En vitesse, moitié dans le traîneau, moitié en dehors, moitié courant, moitié roulant, nous prîmes la descente.

— Laissez passer, laissez passer ! cria mon père qui nous suivait au grand galop avec une charge de billots. Laissez passer !

Rentré dans la neige jusqu'au ventre, en dehors du chemin, je vois mon père, mains nues, les cordeaux dans les poignets, calme, sévère et solide, dégringoler vers l'appel. Son attelage sonnait la chaîne ; de longs jets de vapeur, comme des torches, sortaient des naseaux du cheval, et tout s'évanouissait.

— Regarde !

Et de la hauteur où nous étions, nous vîmes à l'autre bout là-bas, une gueule de feu qui crachait rouge et noir et jaune.

— C'est chez nous ! criai-je.

Et je me mis à pleurer. Mon frère m'assit sur le traîneau et dit, en piétinant comme un coursier :

— Tiens-toi. Ça va y aller !

Il décolla comme le vent. Ses souliers de chevreuil étaient comme possédés du diable. Les petits arbres, la neige, les nuages, tout dansait. Les premières personnes que nous rencontrâmes dirent :

— Nous ne savons pas.

Un peu plus loin des femmes couraient et disaient :

— L'hôtel Touriste !

Alors là, un glaçon nous perça l'épiderme et nous

fouilla le ventre, à nous les deux frères ! L'hôtel Touriste touchait notre grange où étaient entassés la glace et les traîneaux dans la cour de la vieille fille. Débouchant dans notre rue Claire-Fontaine, le cordonnier du coin, en tablier de cuir, sa main aplatie sur sa tête chauve, nous dit en pointant avec son haleine :

— C'est l'hôtel Touriste, mon garçon en arrive !

Fini ! C'était la fin ! En arrivant à la maison, maman et les petites sœurs, emmitouflées comme des boules de laine, montaient dans une carriole conduite par le père Richard.

— Attachez-vous derrière, commanda le père Richard.

La rue était pleine de fumée et de suie qui tombait de la neige noire. Des boyaux de toile, qu'on aurait pris pour des serpents morts, gisaient dans les rues. Les policiers faisaient des signes de loin. J'entrevis la voiture des pompiers et un des chevaux qui se cabrait, l'œil blanc. Tous les gens dehors s'interpellaient en criant.

Soudain, du trottoir, une voix lance mon nom. Je me retourne. Fidor allègre, le torse bombé, la tuque sur l'oreille, me suivait comme pour me défendre d'avoir de la peine. Je l'appelai. Il sauta debout derrière mon traîneau, et de sentir ses mains sur mes épaules me réconforta. Les amis Lebel nous reçurent et calmèrent maman et les grandes sœurs qui sanglotaient avec épouvante. Fidor nous expliqua que le vent tournait, et à Lédéenne en pleurs, il dit :

— Quand je dis que le vent tourne, il tourne !

Les trois garçons, nous retournâmes avec le père Richard, laissant les femmes réciter le chapelet. Alerte, rajeuni, gaillard, debout dans la carriole, faisant claquer le fouet, le casque de loutre bien enfoncé et les glaçons dans la barbe, le père Richard avait l'air d'un dompteur de bêtes dangereuses.

L'hôtel brûlait avec fracas et furie dans un vent d'enfer. Des plaques de neige fondaient à vue d'œil. Papa, dans le fort du danger, donnait des ordres à ses hommes qui, armés de pelles, levaient un mur de neige entre le feu et ses propriétés. La vieille veuve, madame Larivière, en châle comme une bohémienne, balançait un immense cadre du Sacré-Cœur, en pleine rue, et criait debout dans la neige :

— Éloignez cela ! Éloignez cela !

Le père Richard, deux grandes chaudières en mains, faisait la navette de l'étable à l'incendie, en courant. Fidor se dépensait à trotter, à faire le tour du sinistre et à nous apporter des nouvelles. Le feu tournait dans la rue commerciale, léchant les édifices d'en face. Il sauta soudain et, malgré les murs d'eau, la largeur de la rue et la lutte des hommes, se faufila sous le toit d'un magasin de chapeaux, s'installa et fit carnage. Comme Fidor nous l'avait dit, le vent avait tourné, nous étions sauvés ; mais, dans la rue commerciale, la rage continuait, le feu était maître de cinq maisons. Vers huit heures du soir, il achevait de manger ses proies, repu comme un ogre. Comme tout dommage, nous n'avions que quelques planches de l'étable calcinées un peu.

Quand le danger fut éteint, le soir, tous nos gens furent rapatriés et, en buvant du thé chaud, se remirent tranquillement. Fidor y était aussi. Il roulait sa tuque dans ses doigts et, à la dérobée, observait Lédéenne qui n'en finissait pas de dire aux petits :

— C'est Fidor qui a fait tourner le vent !

Et les petits venaient toucher Fidor de l'index. Lui, regardait le vide par-dessus la tête de tout le monde, et semblait penser : « Je ne sais pas lire, mais je sais faire tourner le vent ». Et un mystère flottait réellement sur son front. À chaque minute, nous grimpions à la fenêtre du père Richard, d'où nous voyions les sapeurs ouvrir les madriers pour tuer les restes de feu. Le père Richard, gai, rajeuni, se coucha très tard, ce soir-là, et vingt fois, sans se lasser, recommença l'histoire d'un feu qu'il avait vu dans son village, à Lotbinière.

Debout sur la grange au clair de lune, au-dessus du trou béant qui fumait encore là-bas comme un monstre agonisant, Fidor et moi, sans paroles, regardions. La cheminée était restée debout. Nous contemplions cette chose de pierre, blessée, noire, mordue, qui semblait dire à son ennemi comme un patriote :

— Moi, c'est debout que je meurs et c'est debout que je reste !

Avant de redescendre, Fidor me dit :

— Il y a de belles cachettes là-dedans pour jouer au prisonnier. Nous explorerons demain.

Mais, comme devant une fosse, nous n'osions parler haut. Notre enfance venait de reculer d'un autre pas. Petit à petit, nous ramassions des souvenirs, comme les hommes. Feu faisait maintenant partie de notre vocabulaire.

XIII

Misère de chien, de son nom Languelot, habitait une cabane dans la côte du petit lac. Une cabane basse, carrée, sans tambour ni galerie, qui l'hiver disparaissait sous la neige comme un animal dans sa cache. Une cabane gênée d'être à découvert, mal vêtue pour les tempêtes. Un tuyau à égout, piqué dans le toit, servait de cheminée, et le côté nord de la cabane était tapissé d'anciens placards en tôle, qui coupaient le vent. Cela gémissait et se tordait quand les rafales crachaient une colère. Le lendemain du feu, papa nous dit :

— J'ai du bois à livrer.

Le plus vieux et moi, nous nous rendîmes dans la cour à bois pour charger deux cordes d'érable. Puis le cheval fut attelé, et nous partîmes pour la livraison. Lorsque nous fûmes entrés dans la cour de Misère de chien — c'était là que nous allions — il a fallu arrêter le cheval à cause des mioches assis dans la neige, qui ne bougeaient pas. Mon père nous dit :

— Prenez les cordeaux, je reviens.

Il frappa à la cabane. Une fillette lui ouvrit, et la porte se referma. Des guenilles gelées raides pendaient au vent sur une corde à linge sans poulie et pleine de nœuds. Les enfants de Languelot, des tout petits et des plus grands, s'étaient collés au flanc de leur taudis, pour se

mettre à l'abri. Ils ressemblaient à leur maison et se souf-
flaient dans les doigts en nous regardant ébahis. Mon frère
me montra de l'œil un chien maigre qui grelottait dans un
hangar sans portes. Derrière le chien, nous distinguions
une laveuse à bras, des cuves bosselées, juchées sur une
cordelle d'aulnes vertes.

— Des pauvres, c'est ça, souffla-t-il.

— Pourquoi ils sont pauvres ? lui demandai-je
tout bas.

Il haussa les épaules. Je regardai mes habits : mon
petit *mackinaw* d'étoffe du pays, avec le gros collet et la
ceinture épaisse qui attachait par une boucle large et
forte ; mon pantalon lacé de la même couleur brune que
le *mackinaw* ; trois paires de bas de laine et, par-dessus,
des souliers en peau de chevreuil ; deux paires de mitaines
et ma tuque rouge avec le pompon blanc, et mon foulard
tricoté à la main. Eux, les Languelot : les mains nues et
les doigts rouges, un bas usé qui laissait voir la jambe
maigre, et des casquettes d'hommes qui leur déformaient
les oreilles ; pas de laine sur le dos, mais des blouses trop
grandes, sales et râpées, attachées par des épingles ; et
pour serrer la taille (car ils jouaient dans la neige) une
corde autour des reins.

— Comment t'appelles-tu ? demandai-je à celui qui
me paraissait le plus vieux et qui se tenait jambes écartées
et bras tendus en barrière pour protéger ses frères et
sœurs.

Il me lança un regard méfiant qui signifiait :
« Ouvre donc les yeux, je suis le fils de Misère de Chien,
tu le vois bien ! » Une haine farouche et tranquille était
écrite sur tout son masque. Je regrettai ma question, et
toutes sortes d'idées hantèrent le silence. Derrière cette
cage en loques, ce corps frileux, battait peut-être un cœur

de futur génie ? Je savais des histoires d'hommes célèbres, de saints, qui avaient eu des enfances misérables, pouilleuses. Ce gavroche orgueilleux au faîte de sa pauvreté comme sur un trône, à qui était confiée la garde d'un petit troupeau d'enfants, me parut tout à coup chef puissant et juste à la tête de tout un peuple. Il me donnerait des ordres, et je lui obéirais peut-être un jour...

Papa sortit de la cabane en pliant sa bourse qu'il mit dans sa poche. Il prit la bride du cheval, avança dans la direction du chien qui courut se cacher derrière la laveuse. Puis nous nous mîmes à décharger le bois. La marmaille, sans bouger, nous toisait. Quand tout fut fini, nous partîmes.

— Bonjour ! cria mon père aux enfants.

Ils ne répondirent point. Seul le petit sans mitaines esquissa un sourire dédaigneux. Sitôt que nous fûmes dans la rue, tous, ils coururent au hangar et se mirent à corder le bois en criant et en se bousculant. Mon père, jambes pendantes, assis sur ses gants de cuir, sifflotait. Il sortit ses factures, les lut et nous cria :

— Encore deux cordes à livrer. Vous êtes bons ?

— Oui.

Je m'approchai de lui et demandai :

— Ils sont pauvres ?

Il me regarda et répondit :

— Oui.

Je ramassai mon courage et demandai pourquoi. Il haussa les épaules lui aussi et fit signe à l'aîné de faire courir le cheval, comme si tous les pauvres de la rue du petit lac nous pourchassaient. Alors je compris que les pauvres, c'était de la réalité et que la réalité était un sujet bête. Qui fait la réalité ? Qui fait les pauvres ? Je m'en revins du petit lac, convaincu d'avoir frôlé l'enfance de quelque futur grand révolutionnaire, peut-être d'un martyr qui, en brûlant, brûlerait toutes les saletés de son siècle.

J'aimais beaucoup « livrer » le bois, comme nous disions chez nous. Nous voyions des rues nouvelles, des visages nouveaux ; d'ailleurs, un tour de traîneau à douze ans, quand on est vêtu chaudement et bien chaussé, est une aventure inoubliable que l'on se rappelle avec délices dans les temps d'hommes. La neige de décembre connaît de ces chansons joyeuses qui ne vieillissent pas. Va donc pour l'autre livraison ! Cette fois, nous sommes allés chez le docteur Réal. C'était plus propre et plus avenant que chez les Languelot. Le docteur possédait une remise à bois peinturée, avec des portes doubles qui fermaient au cadenas.

Le soir de cette journée, nous faisions de la musique au salon. Papa, dans la salle à fumer, lisait ses journaux. Mon frère le deuxième m'enseignait une chanson où il était question d'un gondolier de Venise qui se laissait interroger sur son bonheur. Soudain, la sonnette retentit en avant. Je courus répondre. Un homme maigre et déguenillé entra, suivi de l'enfant pauvre du petit lac. L'homme dit :

— Ton père est ici ?

— Oui. Là, monsieur.

Il secoua ses pieds couverts de glace et passa dans la salle, toujours suivi de l'enfant.

— Tiens, monsieur Languelot, assoyez-vous !

— Merci, dit l'homme.

— Ici.

Et mon père approcha deux chaises à bras. Les deux Languelot s'assirent. Le père n'osait découber son dos comme si un poids le tirait vers le sol. Le fils, le front haut et le buste droit, examina avec indifférence les cadres sur les murs et flaira la mélodie qui continuait au salon, de loin, comme un animal flaire la viande. Papa me fit signe de me retirer. Dix minutes plus tard, les Languelot s'en allaient. Pendant que papa reconduisait l'homme à la sortie en le faisant rire, le fils s'approcha de moi et, avec une voix âpre, une voix de misère, me dit sans trembler :

— Je m'appelle Maurice.

Ses cils battaient. J'eus le temps d'apercevoir une flamme au centre de son œil bleu. Je voulais lui serrer la main, lui montrer un jouet ou lui donner quelque chose, mais il m'échappa. Son père l'attendait dehors. Pourquoi était-il venu me dire son nom ? Était-ce la timidité qui le faisait paraître hautain et arrogant ? Je me glissai dans la salle vers le bureau de papa. Son grand cahier « tenue des livres » était ouvert. Je jetai un œil et lus cette ligne tracée gauchement par la main de mon père, une ligne qui me frappa, parce que l'encre n'était pas encore séchée et brillait sous la lumière : « 1er déc. 2 cordes d'érable livrées à Maurice Languelot » et à la fin de la ligne sous le mot prix, c'était marqué : « 00 ».

Papa avait donné le bois, et les deux Languelot, chacun à sa façon, étaient venus le remercier. Je trouvai cela tellement beau que je me mis à rêver sans songer à fuir. Quelle merveilleuse histoire !

— De temps en temps, il faut faire ça, me dit dans le dos une grosse voix que je ne reconnus pas.

Je me retournai : papa, immobile, sans colère, m'observait. Je voulus partir ; je croyais qu'il me gronderait, car il nous était défendu de mettre le nez dans ses registres.

— Regarde et souviens-toi. Tu me demandes pourquoi il y a des pauvres ?

Il s'approcha et posa son gros doigt sous les zéros :

— C'est parce que nous ne faisons pas cela assez souvent, me dit-il, peut-être. Il faut aimer les pauvres, parce que les pauvres...

Il me passa la main dans le cou, sa grosse main râpeuse et chaude, sans finir sa phrase. La musique de Schubert jouait maintenant dans le salon. Je m'assis sur la « berçante » à ressorts, pensant aux oubliés de la cabane, et je me dis :

— Quand j'aurai, je donnerai. Il faut donner.

Et dans mon idée, trois figures se mirent à grandir : papa, à la parole rare, mais à l'acte plus éloquent que les phrases bien tournées ; Maurice Languelot le père, à cause de son dos vers le sol et du merci de sa bouche ; et Languelot le fils, à cause de son nom qu'il était venu me porter et de ce défi à l'existence au centre de son œil bleu.

XIV

Ce fut donc le mois de décembre aux interminables nuits claires que j'observais de ma couchette avec une douce mélancolie. Un petit rideau de glaçons, semblable à du verre taillé, pendait dans ma fenêtre et buvait les couleurs de la lune. J'imaginais Fidor à son hublot, écoutant les étoiles se chuchoter passionnément l'histoire de Bethléem. J'imaginais les couventines de la maison de briques s'échangeant leurs secrets. J'essayais d'entrer dans le cerveau de mes frères pour savoir ce qu'ils rêvaient. Décembre... aux jours presque sans lumière, comme dans une salle aux portes closes la veille d'une noce.

Valait vraiment la peine pour un écolier de souffrir un peu pendant les mois de septembre, octobre et novembre pour aboutir au merveilleux mois de décembre ; car c'était une merveille, une récompense, une joie que cette époque, au bout de laquelle nous attendaient Noël, les étrennes, les réunions de familles enveloppées dans quinze jours de vacances. À l'école, les récréations s'étiraient, les leçons d'anglais et les chiffres étaient à la baisse, les dictées plus courtes et les histoires que lisait le maître, plus longues. Mais le dessert, le meilleur de tout cela, c'était le dessin. Chacun dessinait son « Bonne et Heureuse Année » en couleurs. Il fallait remplir chaque feuille d'une immense lettre ; la feuille était couverte de carreaux d'un pouce, et le modèle, affiché au tableau.

Les journaux, de leur côté, parlaient du père Noël ; et les vitrines des grands magasins prenaient des visages féeriques. Au collège, quand des garçons assuraient l'inexistence du père Noël, on en voyait d'autres brandir des découpures de journaux de Québec, montrer le bonhomme tantôt photographié avec ses rennes à la porte de son château de glace, tantôt se battant avec les loups, la nuit ; dédaigneusement, en tapant sur les papiers, ces admirateurs-là disaient : « Voyons ! » D'autres, comme Ludger, ne croyaient pas au père Noël, mais au petit Jésus. Fidor n'avait pas d'opinion à ce sujet. Quand nous lui parlions de la célébrité rouge, il nous regardait avec une sorte de tristesse, comme un aîné qui en sait beaucoup plus long que les autres. Il est vrai qu'il ne prenait pas sa science entre les couvertures de livres.

Je suis sûr que le père Noël était détesté de Fidor, de Ludger, de Maurice Languelot. Les pauvres n'admettent pas qu'un semeur de rêves soit l'esclave de la fortune des familles. Comme mon frère le deuxième, je croyais facilement à tout ce qui était irréel. J'avouerai même que j'avais l'habitude, le matin du vingt-cinq décembre, de marcher dans la rue pour voir si je n'apercevrais pas de traces sur les toits.

Un midi, quelques jours avant Noël (je devais avoir dix ans) Lédéenne, toute nerveuse, m'appela dans le salon et, me prenant par le cou, me glissa dans l'oreille :

— Viens en haut sur le bout des pieds.

Elle ouvrit la chambre des filles et me chuchota en gardant un œil dans la cage de l'escalier :

— Là, sous le lit.

J'aperçus des boîtes de carton brun, portant étiquettes étrangères et sentant le voyage. Celle du bord était brisée.

— Regarde !

À tâtons, je plongeai ma main dans cette boîte, et je sentis quelque chose de froid, de dur comme un piège à ours.

— Tire.

Je sortis cette chose dure et froide. C'était une petite locomotive noire, luisante, neuve, avec les roues en acier, la cheminée rouge et les chiffres rouges sur le flanc. Et dans la boîte s'entassaient les rails, le tunnel, les jonctions, le pont, les signaux et les wagons, tout un train complet. Lédéenne, le poing sur la hanche, me souriait victorieuse. Je mis l'engin par terre et, malheur ! il me glissa des doigts comme un poisson vivant. Dans un vacarme effroyable, il sortit de la chambre, fonça sur ma petite sœur et, le nez sur un barreau de l'escalier, se mit à ronronner comme une toupie. Lédéenne, pâle, le replongea dans la boîte, et, me tirant par la main, en deux temps et quatre sauts, me fit pirouetter dans le salon. Assise au piano, très sérieuse, elle se mit à repasser sa leçon de solfège pendant que moi, coupable, gêné, je m'attendais à voir paraître maman armée d'une baguette de séchoir.

Mais non. Rien. Pas de maman dans le corridor. Personne. Je ne fus pas battu pour cela, mais quand même quelque chose d'intérieur, comme une petite roue, une petite illusion qui ne tourne plus, me faisait plus mal que la fessée.

Le lendemain, je dis à Fidor :

— Pour ton père Noël, tu as raison : ça n'existe pas.

— Peut-être qu'il n'y a que ça qui existe, dit-il en

recommençant son geste de frapper la brutalité devant lui avec son poing.

— Quelle sorte de fêtes vas-tu passer ? lui demandai-je.

— Glissons ! me jeta-t-il.

Et dans la vallée nous sommes allés glisser. Lui choisissait les côtes longues et raides. Il lui fallait du vent, beaucoup de vent, peut-être pour oublier son existence au deuxième étage de la maison branlante, peut-être aussi pour s'habituer à la rencontre des monstres.

Je me demandais bien si Fidor recevait la bénédiction de son père, comme c'était la coutume chez nous, le jour de l'an au matin, vers cinq heures, en même temps que la première corne de jour vient bénir la terre. J'imaginais son père, que je connaissais de vue seulement, levant sa main d'ouvrier sur Fidor et les autres, et j'avais une folle envie de m'agenouiller quand je pensais à cela. Je ne lui ai jamais posé la question, par pudeur ; comme lui ne m'a jamais demandé si mon père savait bénir.

Chaque dimanche d'hiver, après la grand-messe — c'était la coutume depuis toujours — maman arrêtait au petit restaurant « Lune de miel », tenu par une bonne femme laide et crochue, vraie sorcière à voix d'homme, pour nous acheter une joie, une sorte de petite fête sucrée pour la famille, qui égayait nos dimanches : cinq livres de tire enveloppée et cinq livres de pistaches. Elle laissait à mon père le soin d'acheter les journaux. Cette nourriture mastiquée à la hâte, où sont gaiement étalées les malchances d'inconnus, lui donnait la nausée. Après le dîner, quand la table était desservie, que tabliers et bavettes étaient retournés à leurs crochets, maman apparaissait, les deux sacs sous le bras gauche, ses yeux bruns pleins de sourires. Sur le tapis ciré, elle divisait quatorze petites montagnes jumelles, de la même hauteur, même pesanteur et même richesse, que nous regardions grossir morceau par morceau jusqu'à épuisement des sacs. Nous sautions sur notre part comme sur une proie, en démolissant un peu parfois, du bout des ongles, la montagne du voisin. Mon frère le premier ouvrait son petit commerce : il échangeait deux pistaches pour une tire (il avait eu soin de vider les pistaches auparavant). Fidor souvent était invité et partageait nos provisions avec délices ; puis jusqu'au crépuscule, c'était les parties de billes sur le prélart et les traversées d'océan dans le panier à linge.

Cet hiver-là, voilà papa, gourmand autant que nous, qui au lieu de prendre sa part et de la manger comme il faisait d'ordinaire, nous la pousse du bout du doigt. Incroyablement, il nous laisse piller son bien. Il est distrait, indifférent. Alors ce sont de longues flèches pointues comme des inquiétudes qui nous traversent de l'un à l'autre, les enfants. Que se passe-t-il ? Il sort de la maison et va s'appuyer à la porte de son écurie, la pipe au bec, les yeux dans le nord...

À table, le père Richard rabougri par cette transformation lui demande :

— Eh bien, quoi ?

— Rien.

Pourtant les affaires marchaient ; dernièrement, à l'hôtel de ville, on lui avait offert d'être contremaître de la municipalité ; personne n'était malheureux ? Allons, seigneur, que va-t-il maintenant arriver ! Nos dimanches étaient moins gais à cause de lui. Fidor se creusait sérieusement la tête pour essayer de trouver un remède à travers ses sciences...

Ce printemps-là, quand vint la brise avec ses bouffées d'amour et ses messages d'hirondelles, et la saison du pataugeage dans l'eau en bottes huilées, pendant qu'au collège nous enlevions les bandes des patinoires et que le long des bâtisses sur des plaques de terre dégelée, nous jouions aux osselets, le père Richard sortit sa valise à poignée de fer, en peau d'orignal, la balaya dehors et, avec beaucoup d'importance, nous dit :

— C'est bientôt que je pars.

Tous les cinq ans environ, il allait à Lotbinière, son pays, passer quinze jours chez sa vieille sœur. Durant tout avril, tout mai et tout juin, nous l'entendions répéter :

— C'est bientôt que je vais vous laisser.

Il ne partait qu'en juillet. Ce voyage, pour lui, préparé et réfléchi des mois à l'avance, était toujours le dernier. Il fixait lui-même sa date en barbouillant tous les calendriers, demandait à mon père son billet une semaine à l'avance, rendait ses bagages à la station cinq jours avant la date ; et, le matin du départ, à cinq heures et demie, fumant sur le quai de la station, seul, assis sur un bout de madrier, il guettait dans le détour le train de sept heures vingt. Au télégraphiste, à son poste vers six heures, le père Richard demandait :

— Vous êtes sûr qu'il y a un train à sept heures vingt ?

Il n'était convaincu que lorsqu'on le lui prouvait sur l'indicateur et dans l'itinéraire. Des jeunesses lui criaient en passant :

— Vous allez le manquer, le père !

Il grommelait sans se retourner :

— Mille tonnerres de polissons !

Nous nous rendions tous à la gare, vers sept heures, et pour la vingtième fois, le père Richard, son grand chapeau noir à la main, recommençait les adieux en pleurant. Quand surgissait le train là-bas, dans le détour, il nous faisait volte-face, se grandissait, agitait son mouchoir rouge en criant à l'engin :

— Arrêtez ! J'embarque, mille tonnerres !

Il revenait quinze jours plus tard, fier comme un écolier qui a pris le train seul, aller et retour ; distant comme un vieux loup de mer qui arrive d'un tour du monde.

Ce même printemps toujours, un homme venait chez nous assidûment le soir : le boucher. Il arrêtait sa camionnette en face de la maison et, le gilet pendant, le petit chapeau de paille sur le crâne, entrait sans sonner, filait dans le bureau où mon père l'attendait. La porte fermée, les deux hommes causaient longuement, cigare aux doigts. En montant nous coucher, souvent nous voyions papa, après le départ du boucher, assis à son bureau, les paumes sur le front, qui fixait, perdu, la carte géographique.

Un soir, au souper, il s'approcha de table, endimanché, rasé, rieur ; et ma mère avait de la peine. Il nous dit :

— Je pars en voyage.

Nous avions fait silence sans comprendre.

— Je reviendrai dans un mois. Mangeons.

— Où ? avait demandé le plus vieux.

— Dans le Nord.

Puis il avait regardé celui qui avait posé la question et lui avait répondu :

— À un autre voyage, je t'amènerai, toi.

L'aîné avait frémi secrètement. Le souper continua. Quatorze à table qui ne parlaient pas beaucoup devant cette nouvelle. Lédéenne et moi sortîmes sans avoir mangé. Dans le salon, je dis à Lédéenne :

— Qu'est-ce qui arrive donc ? Pourquoi les choses changent-elles ?

171

Et ses petits doigts sans se laisser distraire, battaient avec diligence une leçon de solfège pendant que ses yeux questionnaient les miens. Le deuxième vint nous rejoindre pour unir son malaise au nôtre. De la fenêtre ouverte, il scruta le ciel comme un bohémien lit dans les cartes. Les vents de printemps dans les arbres bousculaient courants chauds et bouffées froides. Il n'était pas assez vieux pour démêler ce que cela voulait dire.

Le soir, papa embrassa les filles, donna la main aux garçons et veilla avec maman en attendant l'heure du train de nuit. Personne ne dormait dans les chambres en haut. Nous étions rassemblés dans le lit de l'aîné qui nous disait :

— Je sais où est le Nord, l'Irlandais me l'a dit.

Et il refusait de s'expliquer. Ma sœur la sportive avait sorti d'un sac d'école un livre de géographie et lisait à voix basse les bornes de l'Alaska, du détroit de Behring, de la baie d'Hudson. Elle apporta aussi des coupures de journaux où il était question de terres nouvelles. Elle lisait à grande vitesse, et notre cerveau tournait à grande vitesse aussi. Nous nous endormîmes, la tête bourrée d'étranges et lointaines visions. Ce soir-là, dans la lune, je vis le Barbu qui avec sa grande main faisait signe de venir.

— Où est-il allé ? avions-nous demandé à maman le lendemain.

Par la fenêtre de la cuisine, elle avait montré la plus haute montagne à l'horizon, et avait répondu :

— Après cette montagne.

Puis elle s'était mise à pleurer.

Je me revois encore, ce jour-là, avec Fidor et Lédéenne, au bord de la vallée, au sommet de notre chère côte de sable qui conduisait à la Saint-Maurice. Tous trois, nous fixions la lointaine montagne derrière laquelle papa chevauchait peut-être sur la croupe d'un cheval avec des ailes.

— J'aimerais y aller, avait soupiré Lédéenne.

Et dans la joue de Fidor, je vis un muscle remuer. C'était la réponse que Lédéenne attendait. S'il ne s'était pas retenu, je suis sûr que le gavroche aurait enlevé la petite fille ; par la force de ses bras, il l'aurait sortie de la vallée à dos de nuage ; non pour fuir un malheur, car nous étions heureux, mais pour atteler son amour à un chariot égal à son rêve.

Moi, je me surpris à humer le vent, à démêler les senteurs. Pour la deuxième fois de ma vie, le goût de l'aventure vint me séduire, me murmurer qu'à mon tour, je partirais plus tard. Une crainte m'envahit, je luttai, je ne voulais pas partir ; mais lentement, lentement, le fils de coureur de bois que j'étais, prenait ses droits dans mon être et me poussait hors de la petite rue Claire-Fontaine.

Le refrain du Barbu, qu'autrefois je fredonnais du bout des lèvres, m'apparut bien en face, ce soir-là, et je me mis, non à le chanter, mais à le réciter. Ces paroles :

J'ai deux montagnes à traverser,
deux rivières à boire...

me troublèrent, comme le verre de vin avait troublé Fidor.

XV

Un mois plus tard, dans la nuit, papa revint. L'aîné entendit la sonnette de la porte d'entrée et nous réveilla tous.

Nous étions accourus, endormis, chauds de rêves. Droit, heureux, des ciels inconnus dans l'œil, il nous avait embrassés. Il portait un complet neuf à petits carreaux bruns et noirs, et un chapeau gris à large bord. Maman, gaie, radieuse, lui avait fait du thé. Pendant qu'il buvait, il nous regardait un par un. Nos yeux n'avaient pas changé d'images ; il en parut réjoui.

— Ouvre la valise, celle-là, dit-il soudain à l'aîné.

L'aîné ouvrit la belle valise neuve.

— Dans le coin à gauche, un paquet dans un mouchoir, donne.

Lentement, en pesant chaque geste, papa défit le mouchoir qui était attaché par les coins. Écarquillant les doigts et la bouche, nous vîmes sous la lampe, dans le creux du mouchoir, des pierres blanches avec des points jaunes dedans, des morceaux de cuivre perforés comme de l'éponge, d'autres cailloux pesants et pointus qui s'effrangeaient comme de la laine. Il nous avait regardés une deuxième fois, un par un, et, d'une voix basse, mystérieuse, il avait dit :

— De l'or, mes enfants !

Papa essayait de nous tromper avec son échantillon des terres lointaines... La vérité, c'est qu'il avait trouvé le prétexte pour rejoindre celle que Ti-Jean le Barbu appelait Payse, que d'autres nomment : aventure. Le vrai nom de cette ensorceleuse, qu'était-il sinon misère ? Il allait enfin la rejoindre ; à y penser seulement, il retrouvait ses muscles de jeunesse. Maman voyait crouler ses arguments : coudes qui se touchent et pain sur la table ne font définitivement pas le bonheur des fils du Barbu.

Mais Angélus, si aujourd'hui tu cours allègre d'un clocher à l'autre, d'un hameau à l'autre, d'une montagne à l'autre, d'une plaine à l'autre jusqu'aux océans, jusqu'aux phares des récifs, avoue que tu avais à ton service les meilleurs coureurs à obstacle du globe, des maîtres tailleurs de flèches, flèches d'airain si bien lancées vers le ciel qu'elles ne sont jamais redescendues !

Payse, il fallait que tu sois bien belle et bien séduisante pour faire pleurer ceux qui ne pouvaient pas te suivre.

Tant que certains hommes aimeront la misère jusqu'à s'en ennuyer, les infranchissables montagnes du pays seront franchies et la bonne nouvelle carillonnée d'une solitude à l'autre !

*
* *

« Si vous partiez un jour ? » m'avait demandé Fidor tristement.

Je n'avais rien répondu. Au gré du trottoir, la tête pleine d'angoisse, il m'amena chez lui et, sans parler, nous montâmes dans sa chambre. Il me montra son hublot ouvert au paradis. « Si vous partiez un jour, d'ici je prendrai mon élan », disaient ses yeux. Dans son escalier aux marches branlantes, nous nous sommes assis, et comme deux hommes, nous nous sommes mis à réfléchir.

Non. L'oncle Richard n'était pas venu au monde vieux. Papa n'avait pas toujours été commerçant de bois. Maman jadis avait été une fillette comme Lédéenne. Maintenant la lumière se faisait ; je comprenais que la vie commençait au berceau pour tout le monde ; elle poussait les êtres, exigeant plus des uns que des autres. Je comprenais que le festin n'était pas éternel et les convives inchangeables. Fidor caressait la tête de son Chanceux et comme moi, vaguement, percevait la voix qui appelait de la montagne.

Papa faisait souvent des voyages maintenant.

Après des absences de quelques semaines, il revenait avec des malles remplies de linge et de cadeaux pour nous, qu'il achetait dans les villes, aux points de jonction. Nous avions pris l'habitude de le voir hors de la maison. la maison, pour lui, finissait avec les frontières du pays.

Un jour, le chef de la police vint chez nous. Papa l'amena à l'étable, sortit la pouliche canadienne et la fit courir au bout d'un câble. Larue examinait, réfléchissait. Papa ouvrit la gueule de la bête, Larue s'approcha pour voir et branla la tête, satisfait. Le soir, le chef revint, passa dix minutes dans la salle à fumer, puis s'en alla chez lui, tenant notre belle pouliche par la bride. Papa l'avait vendue.

— Il l'a vendue... pourquoi ? demandai-je au plus vieux.

Je regardais la bête emporter dans le tournant une partie de notre enfance. L'aîné n'avait pas répondu à ma question, parce qu'il ne l'avait pas entendue ; mais on aurait dit qu'il était content, ses narines battaient. Le soir, papa lui dit :

— Au prochain voyage, je t'amène.

Alors nous avons vu l'aîné faire une chose qui nous surprit beaucoup : il courut à l'étable derrière le jardin, prit une hache, bondit sur son auto rouge et, comme un homme déchire les photos de femmes quand il se marie, brisa le symbole de l'évasion, parce que le symbole n'était plus nécessaire. L'Irlandais, dans l'entrée de l'étable, se réjouissait. Atterrés, Lédéenne, le deuxième et moi, nous assistions au massacre de l'auto rouge. Elle qui n'était jamais partie, parce qu'elle n'eut jamais de roues ; elle qui, sans bouger de son coin, avait connu les rafales du Nord, les crises du vent, les couches de neige, les levers de printemps, les soirs de juin ; elle, avec ses flancs de soleil, à l'épiderme effrité comme une peau brûlée, l'auto rouge du fond de la cour gémissait. Elle s'écrasa. L'aîné donna un coup de pied à l'un des phares qui bondit dans l'air et roula parmi les déchets. L'auto rouge était morte !

Elle ne fit jamais les long voyages réels, les courses dans les forêts, ne respira jamais les tourbillons de parfums ; mais dans combien d'excursions imaginaires nous avait-elle emportés ! C'est elle qui, dans les gros chagrins, nous servait de poitrine ; le « but » des parties de « brinche à branche » était tombé ; son toit rouge qui servait de table à nos pique-niques... crevé.

Image du départ maintenant inutile, sa présence tout le long des jours, comme celle de l'Irlandais, encouragea mon père dans la préparation de sa fuite par delà la montagne.

Plus tard, papa vendit des traîneaux, des attelages ; il dégrafait ses initiales sur les brides et nous les donnait en riant, avec un geste qui signifiait : « Ne vous attachez à rien. Inutile ». Et nos cœurs s'habituaient vite à ces fissures dans notre bonheur.

Un samedi, en allant chercher ma viande chez le boucher, je constatai que le gras petit bonhomme au chapeau en assiette n'était plus là. Après information, un nouvel employé me répondit :

— Il est déménagé.

— ...

— Dans le Nord.

*
* *

Nous parlions souvent des pays étrangers, Fidor et moi. Nous allions à la gare, à l'heure des trains, pour voir dans les banquettes tous ces visages inconnus à destination ignorée. Sûrement, quelques-uns d'entre eux avaient franchi plusieurs montagnes.

Voisin de Fidor, habitait un vieux mécanicien à l'emploi des chemins de fer depuis plusieurs années. Son travail consistait à placer les chars de marchandise sur les voies d'évitement, chez Grandlac le fruitier ou à la station de *freight*, et à ramasser les chars vides pour les rouler sur une voie spéciale là-bas à la Bostonnais, en dehors de la ville. Une fois par semaine, il menait à la Bostonnais un train de wagons vides. Fidor l'approcha, un soir qu'il se berçait sur sa galerie, et lui fit part d'un désir que nous caressions depuis longtemps. Le mécanicien, hésitant deux secondes, avait répondu :

— Demain.

Aussi fier que papa et avec autant d'aisance et de

gravité dans le visage et le geste, ce matin-là, je dis à Lédéenne en lui tendant la main :

— Eh bien bonjour, je m'en vais par le train.

Elle ne me crut pas ; mais le soir, à mon retour, j'appris que mon absence l'avait bouleversée.

Un tour de « gros chars » ! Enfin nous allions prendre notre revanche ? Revenir nous aussi avec des reflets mystérieux dans l'œil, que nous ferions miroiter sans en révéler à quiconque la provenance !

À un endroit convenu, monsieur le mécanicien nous avait fait monter par la petite échelle de fer et, après les signaux entre lui et un homme à mitaines, nous étions partis pour vrai. Nous avions décollé pour vrai, comme à bord d'un conte. Depuis assez longtemps que nous nous contentions du départ des autres ! Où est-ce l'aventure ? Où sont les endroits qui cachent les étoiles filantes, le logis des Pollières dans les bouleaux bleus, où est-ce ? Hop-là ! Démarrez ! Au large ! Nous sommes prêts !

— Tirez un petit coup ici, nous avait dit le mécanicien.

Nous avions tiré une corde. Un grand cri, celui que nous entendions souvent par les fenêtres de la classe, celui qui nous réveillait parfois la nuit, celui qui faisait trembler les maisons, celui qui déchirait les cœurs de ceux qui se séparaient, nous avait enveloppés ! J'étais juché sur le petit banc derrière la bouilloire, le petit banc invisible sous la fenêtre aux mille reflets, où « l'homme des chars », lunettes sur les yeux, mouchoir rouge dans le cou et visière rabattue, avale les paysages. Fidor et moi, nous étions là, dans la cabine mystérieuse entre le charbon et le foyer rouge, devant ces clefs magiques et luisantes, bercés par ce géant de berceau en fer noir, qui envoyait ses cheveux dans les nuages. En avant ! Sortons !

Nous avons fait plusieurs milles à travers bois, côtoyant une rivière que je n'avais jamais vue. Après le pont couvert de la Bostonnais, ce fut le retour.

On nous plaça dans la vanne, en haut dans la tourelle, d'où nous voyions les rails nous suivre comme deux lames jumelles. Quand dans les détours l'engin criait, nous avions envie nous aussi de crier, de bondir. Nos poings étaient durs comme les muscles de celle qui nous emportait. Si l'on nous avait dit : « Portez ce pont dans la plaine », nous aurions foncé sur le pont et, à coups d'épaules, nous l'aurions roulé dans la plaine.

Fidor avait mis une vraie casquette de chauffeur, accrochée à un clou ; elle était beaucoup trop grande pour lui. Ses cheveux de foin mûr volaient au vent, et ses yeux verts écrasaient les bouillons dans le sauvage de la rivière. Il me disait, en tournant ses doigts sur des clefs imaginaires :

— Regarde, c'est moi qui mène tout ça !

Je le croyais. S'il m'avait dit : « Nous allons dans le nord où sont les cailloux blancs et jaunes ; nous allons chez les ours, nous allons à la mort... » je n'aurais rien répondu.

Il savait qu'avec lui, je serais allé au bout du monde.

Ho donc, ma hache et mes souliers !
J'ai deux montagnes à traverser...

*
* *

Un groupe d'enfants réunis dans la cour du collège, sous la corde à linge, un matin, un lundi, durant la récréation de dix heures, discutaient violemment en regardant l'air.

— C'est une chèvre, disaient les uns.

— Non, c'est un ours.

— Un lynx, criait un grand gaillard en bousculant les petits. Moi, je le sais ; mon père est un chasseur.

— C'est un ours.

— J'ai dit un lynx.

— Un lynx, répétaient les timides.

Puis, en silence, craignant les coups, les enfants examinaient cette peau qui pendait sur la corde à linge, une grande peau blonde et grise, raide et dure, tachée de sang. Une petite voix sans prétention qui bégayait un peu, s'éleva tout à coup et dit :

— Tiens, un loup !

Les têtes se retournèrent, et Ludger qui venait d'arriver examina à son tour la fourrure dans le vent.

— C'est un lynx, cria le grand gaillard en fonçant sur Ludger.

— Moi, je dis que... que...

Il se mit à bégayer et s'en alla couvert de ridicule. Je rejoignis Ludger. En marchant, nous rencontrâmes le frère Adjutor : une espèce d'homme sauvage et distant qui, l'hiver, comme un bolide se lançait sur la patinoire à travers les enfants sans jamais les frapper, faisait le cercle parfait sur un pied et mains dans le dos, soutane relevée, corps rythmé comme un balancier d'horloge, pouvait valser deux heures sans arrêt à reculons ou par en avant. Je lui demandai donc :

— Mon frère, c'est une peau de loup sur la corde ?

— Mais oui, pourquoi ?

— Parce qu'il y a une discussion là-bas.

— J'y vais.

— Frère, d'où vient le loup, s'il vous plaît ?

Il regarda Ludger et répondit sur un ton de confidence :

— Je suis allé à la chasse en fin de semaine.

— C'est vous qui l'avez tué ?

— Mais oui. Ludger connaît ça, hein, Ludger ?

Il s'éloigna vers le groupe qui se chamaillait. Ludger me dit en souriant :

— Je savais que c'était un loup, parce que j'en ai vu déjà.

— Toi ?

— Oui. Un automne, avec mon frère, en faisant le tour des pièges, nous en avons vu un, pris par la patte de devant.

— Ensuite ?

— Mon frère a épaulé... paff ! C'est tout.

— Raconte : je veux en savoir plus.

Sans se douter qu'il me donnait beaucoup de joie, Ludger nonchalamment continua :

— On avait mis le piège à un bouleau gros comme ma jambe. Quand nous sommes retournés une semaine plus tard, l'arbre était tout déchiré, comme flagellé par un fouet. C'était le loup avec ses griffes et ses dents.

— Tu l'as vu ?

— Oui. Il était là, couché, hypocrite, immobile avec ses yeux comme des trous de fusil, la chaîne du piège tordue. Il nous regardait.

— Puis ?

— Puis, je te l'ai dit : paff ! Quand on a ouvert le piège, on a vu dans sa patte la trace de ses dents : il avait commencé à se manger pour être libre. C'est tout.

Se couper la patte pour être libre ! Toute la journée,

je fus distrait, je pensais à cela ; je pensais au frère Adjutor le chasseur qui jamais ne nous racontait ses rencontres avec la forêt ; à Ludger qui savait tout de ces choses mystérieuses ; à moi qui ne savais rien.

— Si tu étais pris dans un piège comme un loup, te mangerais-tu la patte ? avais-je demandé à Ludger.

Il réfléchit avant de répondre. Son petit sourire gêné avait disparu. De sa voix du Fer-à-Cheval, il dit :

— Pour la liberté, oui !

XVI

Je servais la messe dans cette jolie maison de briques où les conventines échangeaient leurs secrets. Séparée de la rue par une rangée d'ormes et une mince clôture envahie de grimpants, la cour des filles du couvent était un mélange de jardin, de promenade, d'oasis et de terrain de jeux. Des balançoires vertes reposaient à l'ombre d'un petit kiosque parmi les fleurs. Une promenade en bois passait sous le soleil et allait se perdre dans le jardin.

Je venais vers six heures, les matins de semaine. Je poussais la barrière tout humide de brume, sans briser les toiles que les araignées avaient tissées entre les carreaux de broche durant la nuit. Il m'arrivait souvent, quand il n'y avait personne aux fenêtres, de monter un instant sur le plancher d'une des balançoires et de me balancer (oh ! juste un moment) pour sentir la poussée de ce jouet délicat qui recueillait tant de confidences. Et je rentrais dans le couvent.

Un escalier, deux escaliers, un long corridor percé de portes de classe ; dans l'entrebâillement : les tableaux noirs où étaient tracés des chiffres et des noms, une sœur qui trottinait, l'odeur d'encens, des murmures de prières, la classe où je me vêtais en face de la chapelle : tel était l'invariable décor dans lequel je m'engageais chaque matin.

Ma soutane était rouge comme la couverture du missel ; mon surplis de dentelle, plus souple qu'un bonnet de vieille. Je déposais ma blouse — nous disions, et je dis encore « blouse » pour « veston » — sur un pupitre, en examinant curieusement les devoirs ou les dessins affichés sur les murs entre les cartes géographiques et les niches de madone. Je savais un peu ce qu'apprenaient les filles : je pouvais même suivre leurs leçons, mais j'étais convaincu d'être plus savant qu'elles. Entre cette classe et la nôtre du collège, il y avait la même différence qu'entre notre chambre à la maison et celle des petites sœurs. Ici, quelque chose de léger, de délicat, de poli, flottait dans l'espace ; tandis qu'au collège, notre atmosphère était rude, criarde, infiniment moins cérémonieuse et moins raffinée. Parfois je montais à la tribune de la maîtresse, et j'imaginais le troupeau de gazelles jeter sur moi leurs yeux moqueurs et tendres ; c'en était assez pour me faire descendre les marches en courant. Et puis j'allais servir ma messe.

La chapelle était toute mignonne. On aurait pu prendre l'autel dans sa main avec la table à burettes, les deux cierges, les lis et les lumières, et la porter plus loin. Mais la messe à cet endroit, les cantiques, la voix de l'harmonium, la pureté des yeux, cela vous prenait, vous envoûtait et vous lançait dans l'espace... Certains matins, j'avais l'impression d'être un petit chiffon de papier que le vent s'amuse à balader par-dessus les toits.

Quand je servais deux messes, la sacristine, une vieille religieuse toute menue, tout en rides et en sourires, m'apportait, après la première messe, deux petits biscuits croustillants et bons, et du lait si blanc dans un verre pur comme de la glace ; même davantage : quand je me rhabillais, souvent dans ma poche de blouse, je trouvais une orange. Les religieuses me gâtaient.

Mais un matin, la sacristine, m'apercevant avec l'orange dans la main, me dit avant même que j'aie eu le temps de la remercier :

— Doux Jésus ! Voilà qu'il emporte des oranges ! J'aurais dû deviner qu'un verre de lait n'est pas suffisant ! Pauvre petit !

Je rougis jusqu'aux oreilles. Je balbutiai un pieux mensonge et j'eus hâte d'être seul pour réfléchir. Donc, ce n'était pas la religieuse qui déposait cette orange dans ma poche d'habit. Le cœur me battait comme à la veille de voir en scène la belle fille et Gaspard Lavoie. Quoi ? J'étais donc un héros ? J'avais donc une héroïne ? Une élève ? Une inconnue penserait à moi ? La première de mon existence ! Peut-être celle qui chantait bien, peut-être la grande avec des cheveux noués comme des câbles, qui avait une façon de tenir son voile sous sa gorge ? peut-être la petite rousse aux yeux de noisettes dont Lédéenne me parlait souvent ?

Un matin je la surpris. C'est-à-dire qu'elle me surprit. La petite rousse était dans la classe, très calme, fouillant dans son pupitre, là-bas. Elle sourit en me voyant et respira une petite fleur qu'elle avait sur son ruban. Je me sentis drôle, mais si drôle et si bêtement paralysé. Que dit-on ? Que fait-on ? Elle s'approcha, me frôla sans bruit comme une chatte en me glissant dans la main une orange tiède. Elle avait les yeux couleur de fond de ruisseau, le même que chez Ludger où j'avais pêché des truites. Une minuscule chaîne d'argent effleurait son cou et disparaissait sous son lourd chignon. Je restai là longtemps, l'orange à la main, ébahi comme devant une toile qui vous lance des invitations à des plages inconnues !

Maintenant j'étais gêné de servir la messe et de paraître devant les demoiselles.

Monsieur le curé, un homme gros et lourd énormément, un érudit à l'esprit large et vénéré, avait pris l'habitude de s'appuyer sur mon épaule pour monter l'escalier, lorsque nous arrivions ensemble au couvent. Parfois, pour rire (car il était gai) il m'écrasait de son poids et je pliais sous sa main comme sous un fardeau intenable. Dans les débuts, étant tout petit, cela m'amusait de lui servir de canne, que les demoiselles fussent ou non dans le corridor, en route vers la chapelle ; mais maintenant ce geste de m'écraser m'humiliait, me terrifiait, me rendait presque malade. *Elle* me guettait sûrement et partout : durant la messe, à l'action de grâces, dans le corridor. Elle ! Quelque chose dans mon être venait de s'éveiller. Je présentais les burettes en tremblant ; je bouclais mes cheveux, moi qui jamais ne les avais bouclés ; et lorsque j'essayais en sourdine de chanter avec les filles le refrain des cantiques comme autrefois, je me rendais compte que ma voix ne voulait plus, grinçait comme une porte. La sacristine me dit, un matin, en me tendant le verre de lait :

— Notre petit bonhomme grandit !

— Moi ?

Et j'eus peur toute la journée. Lédéenne me parlait de la petite fille rousse, qui avait un talent fou de violoncelliste, paraît-il. Tout le long de ma route, de petits violoncelles chantaient, cachés sous les trèfles. Dans chaque feuille, je voyais la fille à l'orange. Un soir, en cachette, Lédéenne me remit un mouchoir violet plié en huit.

— Sens.

Je mis mon nez, et un parfum m'envahit jusqu'au fond de la tête.

— C'est Élise.

Elle s'appelait Élise. Je sortis mon couteau et, sur chaque piquet de clôture, je gravai un É sans omettre naturellement le cœur transpercé d'une flèche. Ma soutane était trop courte, mes jambes dépassaient de moitié.

— Vous êtes un homme maintenant, me disait souvent la sacristine, en me faisant le petit salut que les religieuses ne font qu'aux grandes personnes.

Et c'était vrai. Voilà que j'étais de sa grandeur à cette religieuse ; même, en y regardant par deux fois, je la dépassais un peu. Je ne savais quelle contenance prendre. J'étais gêné : ce vêtement de jeune homme ne m'allait pas du tout. Devenir un homme m'effrayait. Je n'avais pas la force de parler, de me défendre. Mes habits et mes idées étaient trop petits. Tout conspirait contre moi : la voix, les dents qui s'espaçaient, mes doigts et mes bras qui allongeaient. J'aurais voulu répondre à la religieuse :

— Est-ce ma faute ? Ce n'est pas moi qui veux. Je refuse !

Fidor, de son côté, je le sentais bien, rougissait devant Lédéenne. Elle lui avait enseigné la lettre L, et Fidor jetait le lasso qui se tordait comme un serpent dans le sable et s'immobilisait soudain en forme de L. Petit à petit quand même, il abandonna le lasso et le tire-roches. Son rêve était toujours son « bicycle à deux roues » qu'il n'eut jamais d'ailleurs et un fusil à plomb pour casser les bouteilles. Pauvre Fidor ! Il disait :

— Que tu le veuilles ou non, on sort, le vent nous pousse !

Ho donc, ma hache et mes souliers !
Payse veut nous voir...

À la pièce de la salle paroissiale, cette année-là, le comédien Gaspard Lavoie n'était pas de la distribution.

Un jeune cabotin maladroit (il en est d'adroits) le remplaçait. Gaspard Lavoie, devenu vieux, assis parmi la foule, regardait sans bouger ses yeux tristes ; mais je suis sûr que son cœur tapageait à sortir de sa cage. Le père Richard, lui, ne nous reconnaissait plus à dix pieds de distance.

Aline Diral, la grosse fille blonde qui faisait mon cheval de labour à la voiturette, ne voulait plus jouer. Elle avait maigri et grandi comme une mauvaise herbe. Un soir que les hommes de la fanfare passaient, elle avait rougi ses lèvres de fard, et, dans la direction du petit clarinettiste, je crois... détacha son premier clin d'œil de femme.

Mes sœurs allaient au couvent dans des robes noires à larges plis, au col et poignets blancs et raides. Je trouvais pleines de charme ces manchettes rondes et cassantes qui fermaient sur les poignets avec un petit clic comme celui d'une petite porte de prison (celle de l'étude) tout en donnant de l'aristocratie à la main.

Mais voilà que ma sœur Hélène, la belle fille, ne va plus au couvent. Elle a dit adieu à sa boucle noire dans les cheveux et à son voile de couventine. De la voir en robe fleurie, un matin, sans bas, les cheveux ondulés à la machine, et la lèvre un peu saignante comme celle des demoiselles des villes, me fit souleur. Ses études semblaient terminées. Des revues et magazines de mode remplaçaient ses livres d'école. Toutes les deux heures, elle courait au bureau de poste, soit pour y déposer des lettres qu'elle baisait avant de les livrer à la boîte, ou pour en recevoir. Je ne sais trop qui lui envoyait des feuilles d'érables et des trèfles par correspondance, mais cette verdure la rendait vraiment songeuse... De jeunes et solennels cavaliers se disputaient sa main. Ils venaient chacun leur tour. L'un lui offrait de la musique en feuilles et des photos de lui, depuis sa naissance en montant. Un autre semblait venir pour manger ; Hélène n'arrêtait pas de lui couper du gâteau et de lui verser du thé. Le préféré de toute une saison resta ce maigrelet petit jeune homme, étudiant au collège classique, d'une précision de cadran, qui à chacune de ses visites inondait ma romanesque sœur de révérences et de chocolats enveloppés. Haussé dans ses souliers à gros talons blancs, ce jeune homme fumait avec distinction et portait gravement un immense chapeau de paille ridicule, sous lequel il avait l'air d'un petit champignon. Hélène le trouvait grand, bien fait et cultivé. En époussetant le salon avant l'arrivée du « prince », elle fredonnait des airs étranges qui presque tous, finissaient par des sanglots, et se complaisait à déclamer des tirades où les rois se noyaient d'amour.

Dans les débuts, je lui jouai des tours, mais bientôt je la laissai à ses épanchements neufs et fous. En moi aussi, dans le tréfonds de mon cœur, se levaient des désirs, des îles, des feux, comme des patries de refuge, et il était temps... puisque l'enfance ne voulait plus de moi et me poussait au large. Je marchais seul sur la rue parfois, en quête d'Élise que j'aurais enlevée brutalement et que j'aurais déposée sur le vieux bateau ancré en haut des chutes ; et, là-bas, par delà la montagne à mon tour... puisque l'auto rouge était morte, puisqu'il me fallait être un homme ! Chaque jupe que je voyais au loin me semblait être celle d'Élise. Je me surprenais à dessiner ses yeux dans la couverture de mes livres, je réussissais de formidables sauts à pieds joints en travers du trottoir, m'imaginant qu'elle m'observait ; et quand Anne-Marie voulait me faire chanter au piano, j'exigeais que l'on ouvrît toutes les fenêtres, pensant que peut-être elle entendrait mes malheurs... mais hélas ! nous ne nous sommes jamais rencontrés. Le couvent tenait Élise pensionnaire. Du fond de ses murs, je me plaisais à imaginer la fille à l'orange, pensant à moi et au vieux bateau qui se mourait de nous attendre par ces soirs si bleus et si purs ! L'enfance m'avait franchement faussé compagnie.

Enfin, la dernière épreuve qui me convainquit que le premier âge n'est pas éternel, fut l'apparition de Pierrot Gaulier en pantalon long. Là, ce fut l'argument décisif, le coup direct au cœur. Lui, en pantalon long ! Il portait aussi un chapeau de feutre comme ceux des hommes avec la plume rouge dans le ruban noir. Il crachait en charretier, disait « maudit », examinait avec importance les photos à la porte du cinéma et en discutait avec les hommes. Dans les ruelles, on le voyait s'engouffrer parfois et prendre un coup avec les ivrognes. Alors, fallait plus y penser, nos douze ans étaient bien morts !

*
* *

L'indifférente vie hurlait comme aux premiers jours son grand cri : « Marche ! Et marche donc ! » Nous allions...

On n'a pas sitôt bâti une chose qu'il faut en recommencer une autre, dans le fond, semblable. La mer n'a pas sitôt posé une vague sur le rivage, qu'elle court en chercher une autre. Les fourmis n'arrêtent pas de transporter les grains de sable. Dans cent ans, les feuilles de tremble trembleront encore, et la chanson de l'oiseau ne sera pas terminée. L'homme n'arrête pas de charroyer les jours. Le grenier d'où ils sortent en contient inépuisablement : ils viennent, chacun leur tour, sans faire défaut, ponctuels, jamais deux à la fois, bien souvent vêtus d'or quand nous sommes en deuil, et de gris quand nous sommes en fête.

Ç'aurait été pourtant si facile pour le bon Dieu (assurément ce lui serait un jeu encore, s'il le voulait) d'arrêter le temps, un certain soir d'été, alors qu'il a plu beaucoup l'après-midi et que le soleil paraît pour tiédir le vent ; que l'arc-en-ciel s'empare des gouttes d'eau et fait le pont d'une montagne à l'autre ; que la terre boit, satisfaite, comme à la mamelle ; que tous les gavroches, pieds nus dans les lacs de la rue, tirant leurs bateaux de papier, s'interpellent en secouant des cris heureux ; que les ouvriers de retour de l'ouvrage s'attardent sur les marches de leur maison pour applaudir l'éclosion d'une fleur près du trottoir ; que l'écho crie sans cesse « Ohé, ohé, ohé ! » ; que les vieilles grand-mères, toutes cassées, toutes courbées, sortent de l'église et tiennent leur joie à deux mains pour ne pas qu'elle renverse ; qu'un grand soulagement passe sur tout ce qui peine ; que même les pavés poussent de furieux éclats de rire quand un cerceau roule sur leur dos !

Insaisissable bonheur !

Est-ce qu'un jour les fleurs se déracineront pour rejoindre les oiseaux dans l'air, que les animaux se mettront à causer, que l'odeur de fête persistera, que l'ivresse deviendra un état permanent, que les hommes assisteront enfin à l'agonie de la haine, de la peur, du feu, du vol, des mots atroces ? Le repos que tous désirent est-il quelque part ici, après tous ces siècles de tentatives, après tous ces siècles d'échec ?

Frêle souvenir d'une vision de bonheur, entrevue soit dans l'enfance, soit dans la jeunesse ; pourquoi te portons-nous avec tant de soin ? Aux jours sombres, qui ne se rappelle la seconde d'un passé heureux ? En plein centre d'une tempête d'avril, qui n'a pas surpris un parfum de lilas ?

Lorsqu'une équipe d'ouvriers armés de piques, de crocs-barres, de leviers et de marteaux, envahirent la rue Claire-Fontaine, un beau matin, et se mirent en frais de démolir le trottoir de bois, le père Richard haussa les épaules tristement.

Notre beau trottoir de bois, tortueux et usé, qui faisait poliment des détours pour ne pas se buter contre les arbres, qui en maints endroits protégeait de vieilles herbes folles et des familles entières de grillons, ce chef-d'œuvre du père Richard dut disparaître à son tour, puisque chaque chose disparaît à son tour.

L'arrivée des déblayeurs fut donc une fête extraordinaire pour les enfants et les moineaux du quartier, et un ébranlement pour celui dont les yeux baissaient. « Patins à roulettes, bicycle et voiture, vont rouler comme sur une table sans fin », se criaient les enfants. « Nous autres, nous ne savons signer nos noms qu'avec des outils, en fabriquant des commodités publiques ; et voilà à présent qu'on enlève jusqu'à notre signature », devait penser le père Richard. Des hommes en salopettes firent sauter les vieilles planches. Avec un calme révoltant, ils allaient les empiler sur une voiture basse tirée par deux chevaux de la municipalité. Les gamins, derrière eux, au guet comme des chasseurs, bondissaient sur les vieux sous comme des poules sur des grains de blé. Un peu plus loin en arrière, d'autres ouvriers suivaient avec des râteaux et des grattes, nettoyant et nivelant le terrain comme lorsqu'on prépare une plate-bande. Venaient ensuite les mesureurs qui plantaient avec précaution de petits piquets jaunes reliés l'un à l'autre par une ficelle. Enfin un dernier groupe déposait de la roche dans des carrés de bois, pour faire un fond. Le contremaître, un homme à la longue moustache et à la voix enrouée, assis dans une *express* noire, surveillait les travaux de la rue et criait « hourra, hourra » quand l'ouvrage ralentissait.

Tous les gens avaient une hâte folle de voir le trottoir promis. Avec beaucoup de facilité, on oubliait les services de l'autre. Un vent de prospérité et d'orgueil soufflait sur la rue Claire-Fontaine. Du pas des portes, les femmes parlaient entre elles du talon de leurs souliers qui ne se prendraient plus dans les fentes, de tous les sous qu'elles avaient perdus, de la jambe qu'elles avaient risqué de se casser vingt fois ; certaines disaient : « Nous serons comme à la ville. À Québec les trottoirs sont en ciment, je les ai vus », et patati patata...

Les jeunes gens amusés se baladaient dans la rue devisant avec leur blonde sur la promenade inusable.

À table, au collège, au marché, sur le perron de l'église, ce fut le sujet en vogue durant plusieurs jours. À la maison, l'aîné surtout applaudissait à tout rompre.

— L'invention, l'avancement, l'ordre, voilà ce qu'il nous faut, criait-il. Dehors les vieilleries !

Et il était en train de nous convertir à sa politique du progrès. Seul le père Richard se tenait en arrière et faisait la moue comme je vous dis. De loin, il assistait à l'effacement de sa trace qu'il avait creusée jadis dans les débuts, alors qu'on préparait la venue des autres, des innombrables descendants dont il avait eu à commencer le bonheur. Il n'ouvrit la bouche qu'une fois pour dire :

— Quand on veut se débarrasser d'une chose, on ne lui trouve que des défauts !

Mais il pensait à son frère le Barbu. « Essayez donc de l'effacer celui-là », disait son œil qui s'allumait par moments.

Sans comprendre, Lédéenne, mon frère le deuxième et moi, avions décidé de nous ranger du côté du père Richard. Le malaxeur moderne, à réputation colossale, arriva et fit sensation avec son ventre de fer et sa gueule énorme qui avalait à la fois le ciment et l'eau, la pierre et le sable, digérait le tout dans un bruit infernal et crachait des plaques de trottoirs à mesure qu'il avançait. Le vieux pionnier fut invisible comme tous les pionniers lorsqu'on détruit leur œuvre. De derrière la maison, il écoutait, impuissant, le mastiqueur de tonnerres qui, avec tapage et mépris, écrasait une époque entière de souffrances et de souvenirs. Le soir, après le départ des ouvriers, mon frère le premier se dirigeait vers cette extraordinaire machine, soulevait la toile qui la recouvrait et, pâmé, lui flattait les mâchoires, qui ressemblaient à des mâchoires de monstre. Mon frère le deuxième et moi, loin en arrière, craignions qu'il ne se fît happer comme un sac de sable.

Nous revenions de la messe, un matin, mon frère le deuxième et moi. Soudain, nous nous arrêtâmes saisis, le pied en l'air : à vingt pas de nous, tête basse et fatigue plein les épaules, cheminait le père Richard, lentement, *à côté* du trottoir neuf, lentement comme s'il reconduisait un mort en terre. Nous le suivîmes jusqu'à la maison en marchant nous aussi à côté du trottoir, non par moquerie, mais pour cette chose muette que nous sentions se débattre en dedans de nous : la sympathie.

J'apprenais tranquillement les lois éternelles : qu'ici-bas, par exemple, c'est la raison qui gagne, parce que la raison explique tout ; et que sont bien malheureux ceux qui ont du cœur, parce que le cœur ne peut pas s'expliquer la plupart du temps : il reste là, en arrière, indécis, égaré, attaché à l'invisible qui se nomme parfois le passé, n'ayant comme argument que de misérables larmes ou le silence bête qui ressemble à la folie.

XVII

Elle mourut à l'automne, à onze heures du soir, dans sa chaise roulante. Nous étions couchés, et maman avait crié un cri jaune et pointu comme un éclair.

Nous nous étions levés à la course, comme des oies dans nos jaquettes blanches. Nous avons vu d'abord le prêtre au bord de la porte, debout, l'étole pendante à la main et les cheveux hérissés comme quand on se réveille. Harry sanglotait, la face dans les jambes d'Anne-Marie. Elle souriait, ses longs doigts immobiles sur les bras de la chaise. Papa était sorti, tête nue, sur le perron en arrière. Le père Richard était assis dans l'escalier de la cuisine. Maman et les petites sœurs gémissaient. Tableau bien lugubre.

Dans la veillée, Anne-Marie avait demandé qu'on la conduisît au piano, comme pour obéir à un pressentiment. À sa demande, Harry lui avait mis les mains sur le clavier, dans la basse. Elle avait placé ses doigts blancs, un par un, sur des notes à elle et elle avait fait signe à son mari de lui baisser les poignets. Doucement il lui baissa les deux poignets et dehors, on entendit un accord mineur, déchirant et long, gris comme le malheur, avec un morceau d'abîme dedans. Un accord que mes autres sœurs savent, mais ne jouent jamais.

À partir de cet instant et jusqu'aux neiges, nous avions cessé de nous amuser. Ce deuil, comme une violente poussée dans le dos, nous avait roulés d'un pas en avant vers la bête cruelle. La mort était venue nous tirer sa révérence.

Après le service, Harry est parti avec son auto qui faisait des soubresauts, et on ne l'a jamais plus rencontré dans la ville. Mais, à chaque automne, un homme en casquette est vu dans le cimetière, qui marche avec des fleurs bleues dans le coude.

*

* *

Dans notre cour, à trente pieds du sol environ, collée sur le flanc de la maison, il y avait une plate-forme entourée d'un garde-fou ; au mur étaient clouées des boîtes d'épingles à linge ; un escalier montait là, par où ma mère allait étendre ses lavages. Souvent nous y grimpions, l'automne, comme des affamés de lumière, quand il n'y avait plus de soleil en bas.

Jambes pendantes, l'œil presque vis-à-vis les toits, des poignées de graine d'érable dans nos poches, que nous laissions tomber une par une et qui tournaient comme des autogyres, comme des destins, comme des vies, le danois entre nous deux, nous rêvions, Fidor et moi !

Lédéenne venait nous rejoindre aussi, avec un bol d'écume et des pipes de plâtre. Nous lancions des bulles de savon dans l'air. Plusieurs mouraient tout de suite ; d'autres ne partaient même pas ; et celles qui se décrochaient, s'éloignaient comme des dirigeables, colorées comme des vitraux, plus rondes que des fales d'oiseaux, montaient, montaient et crevaient !

Lédéenne dit un soir :

— Moi, je ferai une religieuse.

Fidor approuva, en soufflant ses bulles sans parler, sans sourciller. Il voyait bien que Lédéenne avait une amitié pour lui. Elle répéta :

— Je ferai une religieuse.

On comprenait qu'elle voulait dire : « Attends-moi, Fidor ! » Et tous les trois, nous suivions les bulles jumelles, celles qui vont deux par deux dans la grande aventure.

— Un cerf-volant, cria Fidor. Là-bas, regarde, courons !

Un derrière l'autre, l'œil haut, nous avons couru toute la rue Claire-Fontaine, tourné dans la rue Saint-Joseph, puis dans la rue Saint-Pierre, remonté la côte du lac et, à mi-chemin dans la côte, nous nous sommes arrêtés. Nous voyions la corde qui descendait derrière un pâté de maisons d'ouvriers. Nous faufilant par les ruelles, sautant les clôtures, traversant des jardins, nous sommes arrivés à un champ. Au milieu, un homme appuyé sur une pierre surveillait un petit garçon qui semblait être le sien. Nous nous sommes approchés du petit, assis à plat dans l'herbe haute. Il nous a salués de la main, sans se lever, fièrement parce qu'il tenait le cerf-volant. Un beau cerf-volant rouge avec des boucles brunes, auquel il donnait des coups pour le plaisir de le voir obéir. Il se tenait très haut là-bas, au-dessus de la ville, effrayant les oiseaux, se moquant du lac, se débattant pour fuir avec les nuages.

— Qui l'a fait ?

— C'est mon père, nous répondit le petit, en nous montrant l'homme sur la pierre.

Fidor me poussa du coude et me montra là, dans

l'herbe, près de l'enfant, une béquille, Après avoir assez joué, l'enfant ramena le cerf-volant. Nous courûmes le chercher là-bas quand il fut tombé, pour le remettre au petit. Il nous remercia, content, ravi, enchanté, comme si lui-même arrivait du firmament. Il pressait son jouet amoureusement, lui murmurait des choses inintelligibles, collait ses joues sur les flancs de papier comme s'ils battaient réellement. Au retour, nous vîmes l'homme à la pierre ramasser son enfant et disparaître dans une maison d'ouvrier, à un deuxième étage.

Et je ne sais pourquoi, mais je pensais à mon grand oiseau du canton Mayou, celui qui avait les pattes en baguettes et le cou en trombone. J'avais vaguement l'impression que cet oiseau était peut-être un ancien cerf-volant et qu'aujourd'hui, pour remercier son petit maître de lui avoir fait connaître les royaumes du vent, il venait le matin en cachette faire la halte sur sa chaumière...

— À quoi penses-tu ? me demanda Fidor.

— À un oiseau. Toi ?

— À rien. Courons. J'ai besoin de courir.

Sans raisons, coudes au corps, tête baissée, nous nous sommes mis à courir comme des enfants qui vont au feu, comme des enfants qui vont au cirque, comme des enfants qui cherchent la trouée de paradis où les gavroches ailés tournent des lassos de soie et prennent des étoiles avec des Lédéenne et des Élise cachées au fond.

*
* *

Mors aux dents. Mort dans les dents. Nous sortions de l'école vers cinq heures ; notre journée était finie. Sac sur l'épaule, nous nous apprêtions à traverser la rue, lorsque le frère Martinien qui, chaque soir, de la chaîne du trottoir, assistait au départ des élèves, se tourna violemment et nous cria :

— En arrière, reculez, tous vite !

Tous les enfants reculèrent sur le terrain du collège, effrayés. Nous entendîmes un roulement comme un tonnerre en marche. D'aucuns plongèrent les yeux droit en l'air. Pourtant le ciel était rose, que se passait-il donc ? D'autres interrogèrent les édifices d'en face ; serait-ce un écroulement quelque part ? Plusieurs criaient : « Qu'est-ce qu'il y a ? »

Le bruit gonflait rapidement, et alors nous vîmes, en poussant des ah et des oh, un attelage de deux chevaux qui venait de la gauche, traînant une lourde voiture, passer en trombe à vingt pas de nous, comme quelque bolide de guerre qui a perdu son chemin. Un homme se tenait à l'avant de la voiture de travail, pendu aux cordeaux, les dents sorties, tête nue, les deux pieds sur les échelles, essayant vainement de maîtriser ses bêtes fumantes et affolées qui étaient parties à l'épouvante. Un morceau d'enfer échappé n'eût pas fait plus de bruit. Un vrai tableau de terreur et de folie déchaînée ! Les deux chevaux, surtout celui de notre côté avaient complètement perdu la tête ; c'était le cheval blond du bas de l'hôpital, qui passait son temps à hennir. Il était écumant, le câble au cou, crinière plus mêlée que jamais, les naseaux ronds et soufflant fort, l'œil en feu, la queue au vent, la gueule ouverte, la mâchoire inférieure collée au poitrail ; on avait eu le temps d'entrevoir le mors de bride, rouge de sang, bien assis au fond de sa gueule. Cette vision passa en faisant vibrer les vitres. Le derrière de la voiture se promenait en travers de la rue comme un balai. Ce fut un grincement de cailloux et de chaînes, et plus rien, passé quelque maisons. Le frère Martinien, nerveusement, dit :

— Seigneur, pourvu qu'il n'y ait pas d'enfants dans le chemin !

Cette route tournait là-bas, près de l'hôpital, à un demi-mille du collège, descendait la fameuse côte dangereuse de la Saint-Maurice, prenait les plaines basses pour finir au bord de l'eau.

Tous les élèves, en cris, en panique, brisèrent les rangs et coururent derrière le collège, au bord de la vallée, pour assister à la descente de la furie à huit pattes. Nous n'attendîmes pas longtemps ; précédant un tourbillon de poussière, parurent dans le lointain les deux chevaux, brides défaites, attelage traînant et voiture arrachée, ventre à terre sur la route, galopant comme deux monstres. Mon frère le premier frémissait derrière moi ; je crus comprendre que sa voix murmurait :

— Ah ! Que c'est beau !

Les deux chevaux, comme deux esclaves qui ont décidé de se libérer, rasaient la plaine tranquille, piaffant le prélude de quelque grande révolte. Quelques vaches dans les prairies, approuvant le scandale, prirent leur trot en beuglant.

La voiture était arrachée ; voilà que cela tournait à la tragédie. Où était l'homme ? Plusieurs élèves, sautant les clôtures, filèrent dans la direction de l'accident, mais ne purent approcher ; les jardiniers de l'hôpital et quelques ouvriers, déjà rendus sur les lieux, les en empêchèrent. La voiture, en miettes, près d'une grosse roche, gisait dans le détour ; une des roues, couchée, tournait encore. Puis nous entrevîmes des hommes, portant le charretier sans connaissance, comme on porte un sac, chacun à son bout ; ils passèrent par le jardin de l'hôpital et disparurent.

Nous arrivâmes à la maison plus tard que d'habitude, ce soir-là. Nous avions hâte de raconter la chose à papa. Il l'apprenait justement par téléphone, comme nous ouvrions la porte.

À table, l'aîné, qui maintenant était presque un jeune homme et se permettait de discuter en présence des grandes personnes, disait à Lédéenne et aux autres sœurs :

— Si vous aviez vu ça ! Rien de plus beau ! Un vrai tonnerre !

Et ma sœur la sportive l'écoutait attentivement avec son défi sur la lèvre.

— Moi, si j'étais un cheval, je prendrais le mors aux dents de temps en temps. Pataplan, pataplan, pataplan, s'amusait-il à faire.

Sur sa cuisse, il tapait des mains pour imiter un galop de cheval. Les petites sœurs lui demandaient de recommencer l'histoire encore une fois. Tout le long du souper, l'aîné recommença la description des deux chevaux qui avaient pris le mors aux dents, qui effrayaient le monde, n'omettant pas les pataplans et les piaffements et tout ce qui faisait bruit et épouvante.

Le père Richard, qui rarement s'occupait de nos discours à table, mangeait sa soupe sans parler. À la fin, il fixa l'aîné longuement et lui dit :

— Tais-toi, petit fou !

L'aîné se retourna vers papa comme pour être défendu, mais papa distrait, ne bougea pas. L'oncle Richard le toucha du coude et lui dit :

— Parle donc, dis-leur.

Papa nous regarda et nous dit :

— Vous l'auriez appris quand même demain : le charretier est mort tout à l'heure. Il laisse une femme et neuf enfants.

Un lourd silence, plus épais qu'un mur ! L'aîné eut honte affreusement et resta les mains en l'air avec ses pataplans ridicules.

— Je ne savais pas, dit-il.

Personne à table ne parla plus. L'aîné sentit profondément qu'il n'était pas si vieux qu'il se l'imaginait ; que, comme nous, il était un enfant ignorant les millions de choses, les douzaines de petits secrets, les proverbes, ce qui s'appelle dans le Livre Saint : la sagesse, et dans le livre des hommes : l'expérience. Il lui en restait encore beaucoup à apprendre et à souffrir.

Le soir même, il s'enferma dans sa chambre, comme le père Richard ou comme un écolier, pour pleurer.

Mors aux dents. Pour bien nous souvenir de cette laideur, le deuxième et moi avions décidé que chaque fois que nous y penserions, nous penserions en même temps à *mort dans les dents*.

Cette recette nous rappela que les moyens tapageurs, les enfoncements de porte, les cris et les holas terribles effraient le bonheur et font des morts à la place.

Qu'était-ce donc que cette paix si fragile, si précieuse, ces quatre petites lettres que les vieux prononçaient en se décoiffant ? C'était un bien gros farouche oiseau... Où les poings sont fermés et les gorges ouvertes dans des hurlements, point elle ne se trouve, et convenons ensemble que c'est grand dommage...

XVIII

Ce soir-là, rentrant avec le courrier dans la main, papa avait dit à ma mère : « Une lettre de Québec. Rodolphe. Lis. »

Maman décacheta, inquiète, soupirant : « Mon Dieu ! » Elle lut. Il n'y avait pas de quoi s'alarmer, au contraire.

L'oncle Rodolphe, frère de papa, fonctionnaire à Québec, nous informait de sa visite prochaine, de la joie qu'il aurait de connaître ses neveux et nièces qu'il n'avait jamais vus, excepté la plus vieille losqu'elle était bébé, de la hâte de toucher ce fameux pays que papa et d'autres avaient fondé là-bas, par delà les montagnes. Bonnes nouvelles, et il fallait le bien recevoir.

Papa avait passé une entière après-midi à laver son boghei aux roues de broche, à frotter ses derniers attelages qui portaient ses initiales sur la bride et à étriller son dernier cheval.

Le soir convenu, frotté lui aussi, il s'en fut rencontrer son frère à la station.

Peignés, brossés, endimanchés, nous guettions par les fenêtres l'arrivée de l'homme de la ville. L'on m'avait fait mettre des bas, des bas de laine piquants, détestables au superlatif pour un enfant habitué d'aller pieds nus, des bas qui plissaient sous les genoux et montraient une autre couleur. Mes frères, sanglés dans des petits habits noirs taillés dans ceux de papa, portaient la boucle rouge, large comme un bouquet de mariée, et les filles étaient enrubannées comme des colis de Noël.

Soudain, des rires dans la cour et une canne qui envoyait des bonjours. C'était l'oncle Rodolphe, radieux. Plus petit et plus mince que mon père, mais plus correct dans sa tenue et son geste, gentilhomme à moustache épaisse, aux lunettes noires, à la breloque, les pieds serrés dans des guêtres brunes, ainsi nous apparut-il. Il prit beaucoup de temps à descendre de voiture, parce qu'il avait peur du cheval ; il n'osa entrer dans l'écurie. Mon père riait, lui l'homme du dehors aux grosses mains.

Autant papa était paralysé dans un décor de salon, autant, devions-nous remarquer, l'oncle circulait avec aisance du piano à la table, de la bergère à la petite bibliothèque de la salle à fumer.

Après nous avoir embrassés et serré la main chacun notre tour, en gravant bien nos noms dans sa mémoire, il se mit à causer. Jamais les murs du salon n'avaient entendu tant d'érudition. Sa voix ronde et sonore, à la diction parfaite, au vocabulaire choisi, partait soudain d'un long éclat de rire qui nous faisait chaud comme une attisée. Il nous parla de ses affaires, du voyage, et nous apprit que nous avions des cousins et des cousines ; il les nomma et les décrivit plus de dix fois. On soupa. Un vrai réveillon. Quatorze à table ! Le père Richard posa des questions sur le modernisme, sur la radio et, la main derrière l'oreille, sceptique, moqueur, il faisait :

— Mille tonnerres ! Mille tonnerres ! C'est la fin du monde !

Après le repas, qui fut gai et plaisant, tout le monde passa au salon. Les enfants s'assirent sagement par terre.

— Vous allez chanter ? demanda maman à l'oncle, en attirant notre attention comme au bord d'une surprise.

Il se fit prier un peu, demanda d'abord à entendre les enfants. Hélène, qui avait remplacé Anne-Marie pour la musique, se mit au piano et nous appela. En rond autour d'elle, sans façon, avec nos petites voix de la vallée, nous avons chanté ce que nous savions, simplement, en parties, sans éclat ni pose. Il n'applaudit pas et fit signe de recommencer. Après les chansons, il dit :

— Où avez-vous appris cela ?

— Mais ici, répondit maman un peu troublée.

Il fixa gravement ma mère et dit :

— C'est beau, franchement beau. Je ne l'aurais pas cru.

Il se tourna vers papa qui roulait un cigare dans ses doigts :

— Alors, vous êtes heureux ici ?

— Mais oui, s'empressa d'affirmer ma mère.

Papa soudainement dit, moitié sérieux, moitié riant :

— Chante, Rodolphe : c'est ton tour.

Il chanta bellement, avec brio et puissance, un extrait d'opéra où il était question de planchers de marbre, de diamants et de cimetières. Il gardait son petit doigt dans l'oreille en chantant. Les aïeux, dans les cadres du salon, semblaient avoir envie de pleurer.

L'oncle resta trois jours parmi nous. Papa lui fit visiter la ville, lui montra les chutes, l'église, le collège, le couvent, la terrasse chez les Anglais, et surtout la tombe d'Anne-Marie, où des fleurs sans nom s'enlaçaient autour de l'épitaphe.

Nous les enfants, nous l'amenâmes, un soir, avant le souper, au bord de la côte de la Saint-Maurice, pour lui faire voir la vallée.

Il fut surpris comme après les chansons. Les chutes grondaient au loin en effrayant les feuilles. Les monts bleus, en file comme des moines, priaient dans le crépuscule, pendant que la Saint-Maurice, immense serpent noir, rampait dans la plaine. Pas un bruit humain. Nous étions à la porte du fascinant royaume aventure. Le vent du sud soufflait une odeur d'écorce et de gomme. Nous imaginions les cavernes enchantées où tout à l'heure glisserait la nuit.

L'oncle s'était penché pour faire couler du sable chaud dans ses doigts, du sable qui portait la trace de nos orteils.

Il nous dit :

— C'est immense, ici. Vous ne vous perdez pas quand vous allez à la rivière ?

— Nous avons nos sentiers.

— C'est immense ici, répéta-t-il. Là-bas (et il se tourna vers l'est où devait être Québec) là-bas, c'est plus tassé, plus dur. Il n'y a pas de sable chaud ni de libre nature.

Il tapa durement ses mains l'une dans l'autre et dit :

— Ciment... ciment !

Après le souper, alors que les filles essuyaient la vaisselle et que papa était à soigner les animaux, mon frère le deuxième dit :

— Allons-y.

Il me poussa dans le salon où l'oncle Rodolphe examinait des études musicales qui traînaient sur le piano.

— Savez-vous de qui est cette musique ? nous demanda l'oncle en pointant les cahiers.

— Oui. De Schubert, avons-nous répondu.

Il était bien surpris.

— Qui vous l'a fait connaître ?

— Mais, c'est Anne-Marie !

Il nous toucha l'épaule en branlant la tête, content.

— Mon oncle, il est une chose que nous ne savons pas.

— Quoi donc ?

Et tout heureux ce causer et de nous rendre service, il nous entraîna à la bergère bleue, s'assit au milieu de nous.

— Oui, quoi ?

Nous nous sommes regardés, les deux petits, et mon frère commença :

— Qu'est-ce que le Nord, mon oncle ?

— Le Nord ?

Il se mit à rire :

— Le Nord, c'est le Nord.

Mon frère le deuxième déplia la carte géographique qu'il avait prise sur le bureau de la salle à fumer et demanda :

— Ça ?

Il montra quantités de noms étrangers qui sortaient parmi les dessins de toutes sortes, à travers des flèches. Mon oncle examina la carte et dit :

— C'est la province de Québec.

— Et ici ?

— Ici, ce sont des villes.

— Qu'est-ce que la ville ? Nous ne savons pas, affirma mon frère le deuxième en me ragardant.

Mon oncle réfléchit en frisant sa moustache. Les yeux sur le parquet, lentement il commença une longue tirade, en jouant avec ses lunettes. Une tirade dont mon frère conserva les grandes lignes dans son calepin :

— La ville ? C'est le peuple rassemblé autour des usines. C'est l'entassement des maisons collées comme un jeu de cartes. C'est la terre qui est cachée sous l'asphalte et qui se montre le bout du nez à la hâte dans les parcs et les avenues. Où les arbres ont des bras en écharpe, des estomacs de ciment, des poumons artificiels, c'est là. La ville... des gens qui vont à droite, d'autres à gauche. Ceux qui vont à droite ne connaissent pas ceux qui vont à gauche. Pourtant ce n'est pas à cause de l'obscurité que les gens ne se connaissent pas, parce que des soleils de toutes couleurs pleuvent dans les rues, c'est à cause de... je ne sais pas. La ville, c'est la bouche fermée, l'œil aux aguets ; c'est « je te donne ceci pour cela, fais vite et sans rire ». La ville, c'est l'attente, pour la cloche, la sonnerie, le sifflet qui te dit : « Lève-toi, viens là, puis fais ceci, va dîner ; c'est tout, bonsoir. » Et ça recommence interminablement. La ville, c'est un immense cri que personne n'entend ; c'est un lourd silence roulant des bruits insupportables. La ville, c'est le royaume des grimaces et des masques. Roule ! De grands sourires cachent des enfers et les laideurs peuvent détrôner les rois. La ville, c'est... des milliers de mains tendues par en haut qui prient. Des milliers de muscles qui travaillent. Des bribes d'angélus perdues dans le rire des cabarets. Des millions de mâchoires fermées qui souffrent. C'est un bruit de ferraille, la vapeur pourrie qui sort des caves et sent mauvais. Des yeux avec du sang et des hommes cachés qui ont du génie, s'enferment, digèrent les malheurs et font des chefs-d'œuvre... C'est la vallée des larmes !

Il nous regarda longtemps et finit :

— Votre vallée est plus éclairée que la nôtre. Plus tard vous verrez. Il faut voir.

Nous étions bouche bée, pensant aux hommes qui font des chefs-d'œuvre. Puis, il fixa la carte et demanda en pointant avec ses lunettes :

— Que signifient ces barres rouges ?

À ce moment papa entrait. Il vit sa carte sur les genoux de l'oncle Rodolophe et nous jeta un regard dur.

— Viens-tu dans la cuisine, Rodolphe ?

— C'est ta carte ? demanda l'oncle à mon père.

— Oui.

Il gratta les barres rouges avec son ongle ; puis se leva, suivit mon père dans la cuisine. Plus tard dans la veillée, je l'entendis qui disait à papa :

— Alors, ça te reprend ?

Papa essaya de rire et de détourner le sujet.

— Pourquoi t'en aller ?

— Bois ton verre, répondit papa. À ta bonne santé ! Comme s'il eût dit : « Chacun son métier. Le mien est de bâtir des villages ! Ici, ça marche tout seul, alors je m'en vais ».

L'oncle ne répliqua point.

J'ai six vieux lacs à déplacer,
trois chutes neuves à mettre au lit,
dix-huit savanes à nettoyer,
une ville à faire avant la nuit...

L'homme de la ville songeait à la porte, par où, quelques heures auparavant, il avait humé le large...

*
* *

Cossette, le garde-feu, était à la taverne, sur l'heure du midi, à prendre un verre tranquillement, son chien à ses pieds, lorsqu'un homme lui cria dans la porte :

— Cossette, on te cherche, va au lac, vite !

Cossette venait rarement en ville. C'était un homme des bois avec le chapeau plein d'hameçons de pêche, les lettres rouges sur la chemise kaki et le poignard dans les bottes. Il ne savait pas marcher sur les trottoirs et manger avec des fourchettes, mais dans la forêt, il sentait les renards, les orages et les feux. C'était lui que bien souvent, pendant que nous pique-niquions sous les pins, près de la Saint-Maurice, nous voyions descendre entre les billots, à l'arrière de son canot rouge, comme sur la croupe d'un cheval de feu. Il manœuvrait entre les récifs, prenait les vagues comme un skieur prend les pentes. La tête du canot, comme celle d'un animal dompté, allait à droite et à gauche au moindre coup de rame que Cossette savait donner mieux que des coups de brides. Un vrai héros d'enfance celui-là, qui plongeait Fidor dans des rêves inavoués. Ce gardien des montagnes, qui faisait la vigie du haut des tours branlantes, en plein pays des loups, habitait une cabane blanche de l'autre côté de la rivière, à la porte de laquelle pendaient des pièges et des fusils.

Donc, on l'appelait au lac. Pourquoi ? Il enfila son verre et sortit en courant, son chien policier sur les talons.

Il y avait rassemblement au lac. Un orignal sorti de la forêt dans le petit matin, avait pris le chemin des chutes, puis, sans manières, était entré dans le bord de la ville par une rue déserte. Il avait passé l'avant-midi dans un champ de blé d'Inde, et, quand on l'avait surpris en train de festoyer, il s'était sauvé en direction du petit lac.

En ce moment, il nageait et tournait au milieu. Cossette avec sa longue-vue examina l'animal, sauta dans un canot avec un autre homme et cria aux gens du rivage :

— Je vous défends de tirer.

Puis, il s'éloigna vers la bête. Un coup de fusil partit, qui heureusement ne toucha pas son but. Cossette serra les dents et rama plus fort. Facilement lui et l'homme atteignirent la bête qui se demandait avec des yeux de terreur dans quel enfer elle était tombée. On lui passa un nœud coulant dans son grand museau qu'elle tenait au-dessus de l'eau. Les canotiers se laissèrent traîner à la grève dans un endroit désert, en conduisant la bête à petits coups de rames. Rendu au bord, l'orignal sauta, se cabra, mais épuisé et sans force déjà, étouffé en plus, il tomba inerte comme mort. D'un tour de main, Cossette lui avait ficelé les pattes. Il fit venir un camion. À force d'hommes, ils embarquèrent l'animal et disparurent.

Quelques jours plus tard, j'étais sur la galerie avec Fidor. Cossette passa devant la maison suivi de son chien ; mon père qui sortait lui demanda :

— Qu'avez-vous fait de l'orignal, monsieur Cossette ?

— Je l'ai remis en liberté, répondit le garde-feu.

— C'était pourtant le temps de la chasse ?

— Oui, mais c'était une mère, elle.

— Ah !

Cossette, figure tannée par le vent de la Saint-Maurice, s'éloigna sans se presser, avec la jambe bien serrée dans le cuir et le poignard qui sortait de la botte, son chien aux talons.

— Vous voyez ce chien, dit mon père, il a retracé trois enfants qui s'étaient perdus dans le bois au lac à Bauce, il y a cinq ans.

Mon père partit à son tour. Nous étions sans paroles. Soudain, Fidor me demanda :

— Quand tu seras un homme, qu'est-ce que tu vas faire ?

— Je ne sais pas. Toi ?

— Moi ?

215

Il se frappa la jambe droite avec le plat de la main, fit mine de sortir un poignard et dit, les sourcils en bataille :

— Moi, je serai garde-feu : je battrai les chasseurs qui tuent les bêtes qui portent des petits.

XIX

Nous étions en octobre et Ludger n'avait pas encore paru au collège. Je le croyais malade. Au marché, un samedi matin, je m'informai à son frère qui me renseigna avec une pitié mêlée de haine :

— Ludger ne retourne pas cette année.

— Pourquoi ?

— C'est fini.

— Est-il chez vous ?

— Oui. Si tu veux le voir, embarque, je pars à midi ; tu reviendras à pied.

Il me tourna le dos. Je ne voulais pas revenir seul de si loin, mais Fidor, à qui j'avais tout raconté au sujet de Ludger, me dit :

— Allons-y.

Après les permissions et les recommandations de nos parents, nous sommes allés rejoindre le frère de Ludger vers midi, au marché, et en route pour le Fer-à-Cheval ! Le temps était couvert. Un vent furieux harcelait la plaine. Nous avions emporté nos blousons. Tout le long du trajet, le frère de Ludger, assis sur des poches vides, grommelait entre ses dents ; il était plus bourru que jamais, tiraillant son cheval gris qui ouvrait la gueule pour se plaindre.

— Quand ? Quand ? disait-il.

Puis il recommençait à grogner. Fidor et moi ne savions que répondre. Les oiseaux, épuisés d'aller vent devant, tournaient soudain le cap et follement partaient à la dérive comme des papiers. À la source, l'homme but, essuya ses lèvres avec le dessus de sa main.

— Lequel ? fit-il en nous regardant.

Nous avions peur sans comprendre. La voiture repartit, et la route nous parut bien longue. Des pattes, du poitrail, de la tête, le cheval gris poussait la tourmente. Péniblement, nous gagnâmes la forêt, où les arbres-vieillards pris de colère secouaient avec violence la chevelure. Des volées de lourdes corneilles s'interpellaient d'un chicot à l'autre. L'été agonisait.

Ludger fut content de nous voir. En vitesse, il laissa le champ dans lequel il travaillait pour venir à notre rencontre. De connaître Fidor lui fut une joie. Passant près du jardin, il arracha des carottes, les essuya habilement avec les queues et nous les remit. Nous mordîmes à pleines dents, car nous avions faim. Je remarquai que Ludger était devenu costaud et mûr ; sa main, râpeuse et dure comme un caillou, avait épaissi. Pommettes saillantes, teint hâlé, on l'aurait facilement pris pour un marin des lointaines mers, mais son front était barré de rides. Visiblement il craignait son frère qui le bourrassait.

— Tu ne viens plus à l'école ? lui avais-je demandé discrètement.

Son frère qui dételait le cheval, montra sa face bourrue et dit :

— C'est un peureux, qui n'aura que ça pour se défendre dans la vie, comme moi.

En prononçant cette phrase, le frère de Ludger avait montré ses deux poings comme deux têtes de massue.

— Moi, je voulais qu'il ait de ça (il mit son doigt

au front). Il n'a pas voulu, le petit fou ! Plus tard, il saura. Maintenant...

Puis, en fouettant le cheval maigre, il entra dans l'étable. Ludger, mal à l'aise, regardait ses habits de couleur de travail.

— À l'école, je m'ennuyais, fit-il en bégayant, sur le point de s'attendrir.

Non. Ce n'était pas le cœur qui manquait. Tout son être disait : « J'aime mieux les prairies, je tournerai les mottes, je ferai du pain, il en faut pour continuer le blé... » Avec de grands gestes muets, il semblait pétrir la terre comme un boulanger quand il masse sa pâte. Fidor s'approcha de lui, gratta ses cheveux couleur de foin mûr et dit :

— Moi non plus, je ne vais pas à l'école.

Ludger le fixa avec tendresse et répondit :

— Je le sais. Venez.

— Où est ton taureau, Ludger ? Montre-le à Fidor.

— Le taureau ?

Ludger, redevenu un homme, dit d'une voix de paysan :

— Vous arrivez bien pour le voir : on le tue tout à l'heure.

— Vous le tuez ?

— Oui.

Un frisson nous parcourut. Il nous montra le taureau dans sa cage de fer, qui branlait sa chaîne, sans se douter... Les portes de la grange furent ouvertes malgré le vent qui rageait, et la tasserie fut balayée avec précaution. Le frère de Ludger, grimpé dans une échelle, roulait la chaîne dans le virevolte, sorte de gros pieu rond en épinette, mortaisé à chaque bout, placé sur les poutres de la grange, où le taureau serait pendu tantôt au bout d'un bacul, pour rendre ses entrailles et sa peau. Près de la maison, à la meule d'émeri, le vieillard de la cuisine, une pipe dans la barbe et un chapeau sur la tête, affilait les couteaux. La petite fille timide, roulée dans un épais gilet de laine, tournait la meule.

— Comment allez-vous vous y prendre ? demandai-je craintivement à Ludger.

Il répondit en clignant de l'œil :

— Tu vas voir.

— Je suis prêt à vous aider, dit Fidor.

— Tu as déjà tué ? lui demanda-t-il.

Fidor pâlit un peu et fit « non » en riant. Soudain, un bruit dans la porte de l'étable : le taureau, bâton dans l'anneau du nez, maîtrisé par le frère bourru, fonça dehors. Il était gros, fort, et donnait de longs coups de tête pour se libérer. L'homme tenait solidement. Ludger, qui venait de nous laisser, s'arma d'une fourche et courut derrière l'animal lui piquer les fesses. Le bœuf fut conduit dans la grange sous le virevolte. On lui atacha un câble à l'anneau du nez, que l'on passa dans un autre anneau de fer plus gros, vissé au plancher. L'homme tira le câble et le taureau resta immobilisé, le nez par terre, sur l'anneau.

Le vieillard arriva avec les couteaux qu'il planta dans le mur, un par un, puis il s'appuya nonchalamment à la porte et, le poing sur la hanche, attendit.

Moi, j'étais rendu en haut sur le foin, bien caché, bien loin, le toupet droit sur la tête et les mollets frémissants, prêt à déguerpir. J'avais toute une fuite de préparée dans mon cerveau ; s'il vient par ici, je saute sur la poutre, je cours à l'autre fenil et par la petite porte, je me sauve dehors en descendant par l'échelle. J'avais déjà entendu dire que lorsque le bœuf ne tombait pas du premier coup, il devenait insensible, enragé, terrible, et courait sur les gens pour les tuer, et qu'il était alors très difficile de l'abattre. Tout à l'heure je jugerais. En attendant, j'écoutais le vent galoper sur la tôle.

Fidor plus brave, mais pas trop cependant, piétinait sur le bord de la scène, étudiait sans doute une stratégie lui aussi, en cas de danger. Le frère de Ludger, posément, frotta son ongle sur les couteaux, soupesa la masse de fer, tâta la chaîne du virevolte. Comme un acteur qui entre en scène dans un tableau d'holocauste, il s'approcha de la victime, lui toucha le collet, lui gratta le front qui était roux et frisé.

— Ça ne sera pas long, disait-il au bœuf.

Il prit une grande guenille (c'était peut-être une poche) et banda les yeux du bœuf qui continua de ruminer comme si rien n'était. L'atmosphère était lourde de tragédie. Le cœur me cognait comme un marteau. Le vieillard se recula. Le bourreau balançait son arme en regardant au loin par les portes ouvertes. La seconde approchait. Le bourru prenait ses mesures, comme celui qui est au bâton dans une partie de balle au camp. Une hirondelle de grange sortit à toute vitesse. Soudain, Ludger bondit vers son frère, lui enleva la masse des mains et, avec de la supplication dans tout le regard, il lui dit :

— Laisse-moi donner le coup !

Le frère fit la grimace, se dandina sur un pied, acquiesça brutalement. Il dit en montrant le front avec son index :

— Là, un bon, sans manquer.

Il pâlit, puis il écarta les bras et donna le signal. À partir de cet instant, tout se passa si vite : j'enfouis ma tête dans le foin. Je me souviens d'avoir vu un poing de fer luire dans les portes, le vieillard retirer sa pipe, le frère de Ludger montrer les dents comme un animal. Fidor avait bondi près de moi.

— Regarde, me dit-il, le visage plein d'éclairs.

Lentement, je soulevai la tête : le taureau, après avoir plié les genoux, s'était étendu sans bruit, sans tapage, sans cris, noblement, sans peur. Il se recouchait sur la terre dans une pose de nouveau-né, tel qu'il était venu. Il essaya de se lever, sortit une épaisse et rugueuse langue, roula l'œil et raidit les pattes.

À genoux à sa gorge, le frère de Ludger, sans perdre une minute, avait rentré le long couteau pointu et dur. Le vieillard recueillait le sang dans une poêle, le versait dans un chaudron, pendant que l'homme tenait les lèvres de la plaie ; et cela recommençait à sourcer rouge, épais, rythmé sur les restes de souffle du serviteur parti. L'affaire jusque-là était un succès. Le bœuf fut attaché au bacul par les pattes d'en arrière et monta entre ciel et terre par petits coups, à mesure que le vieillard et le bourru donnaient un coup de gaule dans les mortaises du vire-volte. On l'ouvrit, on le vida, on lui enleva la peau en se gardant bien de la percer avec les couteaux. Ludger travaillait avec rage ; il semblait nous avoir oubliés complètement. Il était en chemise, les bras à l'air avec ses muscles bruns et longs qui bougeaient. Le frère bourru nous regarda une couple de fois et, montrant Ludger avec le menton, il cligna de l'œil.

Les choses s'étaient bien passées. Le chien là-bas humait la chair crue et appelait. On le servit copieusement et on donna le sang aux poules.

Vers la fin de l'après-midi, la boucherie terminée, l'homme demanda à Fidor :

— Puis ?

— Je n'ai pas eu peur, dit Fidor.

Il le regarda :

— Toi non plus, tu ne vas pas à l'école ?

— Non, avait répondu Fidor, gêné tout à coup.

Bien après, quand tout fut fini et que nous faisions nos adieux à Ludger, l'homme bourru m'appela dans la porte de l'étable.

— Moi ?

— Oui, toi, le noir, viens ici.

J'accourus. Il me dit en se lavant les mains dans un bassin :

— Toi, tu vas à l'école ?

— Oui.

— Approche, n'aie pas peur. Prends le temps.

Je ne comprenais pas.

— Regarde.

Il me montra ses attelages usés et rapiécés, tenus par des bouts de broche, les trous dans le toit de la grange, la vieille pompe à eau qui ne fonctionnait pas, la saleté dans les allées et les souches dans la friche et le chiendent plus loin. Il s'essuya les doigts avec la guenille qui avait servi à boucher les yeux du bœuf, puis, ne sachant que me dire, il pressa ses deux grosses mains sur son front comme pour en extraire l'idée qui le consumait. Avec un sourire douloureux, il commença :

— Écoute. As-tu peur de moi ?

— Non.

— Écoute.

Puis, il se pencha vers moi, me posa sa main dans le dos, comme aux enfants, et me dit :

— Tu vois là-bas les abatis ?

— Oui, monsieur.

— Tu sais ce que ça veut dire ?

— Non, monsieur.

— Que nous sommes loin et seuls, hein ? Toi, deviens instruit.

— Oui, monsieur, fis-je ému.

Il s'arrêta, reprit son souffle et, dans le vent qui nous enveloppait, bafouilla le message :

— Va leur expliquer notre souffrance... tu devrais deviner, moi je ne sais pas...

Il disparut dans la tasserie, l'échine pliée, comme si quelqu'un le battait.

À cet instant même, comme un bateau dans la brume aperçoit la bouée et la route qu'il doit suivre, avec l'audace et la naïveté d'un enfant, je jurai, l'âme en avant, de donner mon aide aux habitants, aux ouvriers, aux pauvres, au malheureux pays qui avait mal à sa destinée. Le vent partit comme un fou, ma promesse sous l'aile. J'étais seul au bord de l'étable, entouré de cette grande misère.

Fidor me sifflait près du puits. C'était l'heure de partir. Je m'aventurai timidement vers l'homme pour le saluer. Il était dans la tasserie, penché sur des sacs, coulant du blé entre ses doigts.

— Je vous salue, je m'en vais, lui dis-je.

Il ne m'entendit point. Je fis deux pas en avant et reculai sur la pointe des pieds.

Maintenant nous étions sur la route, loin de chez Ludger. J'avais mal à l'âme.

— Qu'as-tu ? me demanda Fidor.

Pourtant les oiseaux avaient repris équilibre dans l'espace ; le bleu se montrait par-ci par-là ; le vent avec sa folle colère était parti.

— J'ai vu pleurer un homme, répondis-je à Fidor.

Il me regarda et, après un long silence :

— C'est la première fois ? me demanda-t-il.

— Oui.

Il fit le geste qui signifiait : « Tu t'habitueras bien : moi, je les vois pleurer tous les jours. »

Dans l'ouest, le ciel était maintenant rouge de sang. De rares nuages difformes s'y plongeaient en courant. Un vrai décor de matin du monde, et nous nous sentions tout à coup si vieux !

À cette tombée de jour-là, pendant que nous revenions du Fer-à-Cheval, si nous avions été le bon Dieu, Fidor et moi, je crois que nous aurions fait sauter la terre, nous aurions sorti les trompettes et sonné le jugement final, afin de ramener au plus tôt dans le définitif pays, les milliers de bourrus de par le monde, écrasés, sans que personne ne s'en doute, sous des ciels infiniment trop purs et des peines infiniment trop lourdes...

XX

C'est un bel endroit, vous ne pouvez trouver mieux ! disait mon père à monsieur Lebel, l'homme chez qui la famille s'était retirée durant le feu de l'hôtel Touriste.

— Un bel endroit, je vous assure, avec le chemin carrossable qui vous mène jusque-là ; la distance est de cinq milles ; vous avez la rivière, la pêche en quantité, la chasse aussi, la tranquillité, et surtout le chaland. Il m'a coûté cher le fameux chaland à poulies ; c'est un beau, vous verrez... moi, je traversais à gué dans les débuts...

Papa riait. Monsieur Lebel était songeur.

— C'est une place d'avenir, monsieur Lebel, certain. Un jour, ce sera le rendez-vous des touristes, le paradis des camps chics. Dans cinq ans, ce lot aura triplé son prix. Je vous offre un marché avantageux, l'occasion est belle... écoutez...

Il répétait ses arguments avec conviction. Papa vendait le canton Mayou ! Monsieur Lebel lui demanda :

— Pourquoi vendez-vous, si c'est si beau ?

— Vous ne savez pas ?

— Non.

— Je m'en vais d'ici ; je laisse la place à d'autres.

— Vous laissez la vallée ?

— Oui.

— Avec la famille ?

— Oui.

Monsieur Lebel était de plus en plus songeur.

— Ça ne me regarde pas, mais à un vieux citoyen je me permets de demander pourquoi il abandonne la paroisse qu'il a fondée ?

Mon père ne répondit pas tout de suite. Il roula sa pipe en écume de mer et dit, moitié riant, moitié sérieux, de la même façon qu'il avait répondu à l'oncle Rodolphe :

— Folie, monsieur Lebel !

Je sortis de ma cachette, d'où je suivais la conversation, et montai à ma chambre pour penser à toutes ces choses.

Un dimanche, peu de temps après, la famille entière se rendit au canton Mayou, en deux voiturées, pour les adieux.

Je fis toutes les traversées du chaland : celles des deux voitures et celle des bagages et celle des membres de la famille. J'étais couché en avant sur le bout qui donnait au large, et je laissais ma main pendre dans l'eau de cristal. Quand je pensais que ce gros berceau appartiendrait à d'autres que nous, j'avais des larmes qui me faisaient mal, parce qu'elles ne voulaient pas sortir. On m'arrachait l'enfance, parce qu'il le fallait ; comme on défait le décor après le premier acte d'une pièce, parce qu'il faut.

Du large, l'Irlandais nous observait chacun notre tour. À moi, il dit mystérieusement « partir »... et j'eus peur de lui comme d'un espion. Lédéenne sur la grève ramassait des cailloux blancs qu'elle mettait dans un mouchoir. Mon frère le premier suivait papa sur les talons et travaillait comme lui, pensant comme lui ; et quand il sentait le déchirement dans son cœur, il regardait dans le Nord avec des yeux d'espoir, comme faisait papa. Mon frère le deuxième buvait la musique des rapides. Immobile comme une pierre, il écoutait des chansons que nous n'entendions pas. Le soleil se traînait sur nous amoureusement. Maman pleurait et disait aux toutes petites :

— Regardez bien partout, regardez bien ! comme si elle avait dit : « Emportez tout dans votre âme pour plus tard ! »

Il me prenait des envies de brûler le chaland, comme j'avais vu un enfant, un jour, brûler un petit avion que son père lui avait donné en étrenne. Comme lui voulait mourir pilote et s'imaginait assis dans l'avion, je voulais mourir le passeur inconnu qui disparaît en beauté dans une grande tourmente, tournant à jamais le dos à cette laideur qui s'appelle : marche et vis !

*
* *

Ce dimanche-là, à la messe, le sermon fut donné par un missionnaire à grande barbe, qui avait une voix rauque et qui boitillait en marchant. Il portait sur la poitrine une large croix. Il parla de neige, d'iglous, de phoques, d'aurores boréales et de gens vêtus de peaux, qui tiraient de l'arc et pêchaient dans la glace. J'en rêvai toute la journée.

Maman s'absenta cette après-midi et, après souper, me fit venir dans sa chambre. Une étrange peur me précédait.

— J'ai vu l'homme à la croix, me dit-elle. Il est ici pour quelques jours.

— Puis ?

— Aimerais-tu le voir aussi ? Tu as quatorze ans ?

— Pourquoi ?

— Pour le voir, il vient d'Ottawa.

— Où est-ce ?

— Loin de la vallée. Voudrais-tu le rencontrer ?

— Pourquoi ?

— Demain nous irons.

Elle mordit ses lèvres, et ensemble nous pleurâmes un peu sans savoir pourquoi.

Je fus au presbytère le lendemain, et l'homme à la croix fumait une pipe en écume de mer comme celle de papa. Il riait fort ; et je l'aimais, parce qu'il avait de grosses mains comme celles de papa.

— Lis ça.

Il me fit lire dans un journal.

— Écris ça.

Il me donna un papier et me fit prendre une dictée. Puis il me questionna sur mes études, mes goûts, mes jeux.

— Que feras-tu plus tard ?

Je pensais à Ludger, à son frère, à Fidor, sans répondre. Il sortit une photo. Elle représentait un attelage de chiens esquimaux. Huit chiens, dans la neige à l'infini, conduits par un homme vêtu de peaux de caribou.

— Aimes-tu cela ?

— Oui.

J'examinai les chiens.

— Cet homme, c'est moi, dit-il.

Il se mit à rire franchement et haut.

— Tu aimes les chiens ?

— Oui.

— Celui-là, c'était un vrai ; et avec son index, il me montra le premier qui était blanc et avait une queue comme celle d'un renard.

— J'ai fait de beaux voyages, tu sais, par là.

Et il tourna son doigt dans la neige à l'infini.

— Si tu veux...

— Quoi ?

— Un jour...

Je me mis à pleurer. Il me dépeigna et rit beaucoup, puis il dit à ma mère :

— S'il veut, il viendra. Ce n'est pas malin, et nous aurons soin de lui. S'il veut.

Nous partîmes. J'eus hâte d'être libre, d'enlever mes habits de dimanche et mes bas piquants, pour sauter dans mes guenilles. Fidor m'attendait sur la galerie. Il était triste.

— Je t'ai suivi au presbytère.

— Ah !

— Il veut t'emmener, lui ?

— Fidor, j'ai peur ! lui criai-je.

Et j'avais peur de la vie. Il me secoua l'épaule, comme fait un homme, et dit :

— Marchons.

Nous nous rendîmes au bord de la vallée. La Saint-Maurice coulait au loin et tournait là-bas, dans l'horizon.

— Vas-y. Tu seras instruit et tu nous conteras ce que tu auras vu.

Je lui montrai la photo avec les chiens. En me la remettant, il dit :

— C'est beau !

Ensemble nous regardions la vallée qui nous poussait dans le dos avec son vent en rond, et nous avions envie de sangloter.

— Pourquoi tout change-t-il ? lui demandai-je.

— Nous sommes sortis ! répondit-il avec un grand soupir.

Puis il déboula un gros caillou sur le sable, qui roula au fond dans le noir, chez les ronces et les crapauds.

L'oreille collée dans l'herbe, j'écoutais, pour la dernière fois, battre le cœur dans la vallée !

*
* *

Un matin, je suis parti seul en train pour ce collège qui était loin, loin, loin. J'étais endimanché, étranglé. Des boules et des boules me roulaient dans le cœur. J'avais les yeux comme des fontaines. Tout le monde pleurait, excepté l'Irlandais qui portait ma valise et me clignait de l'œil : « partir »... Maman souriait, les yeux rouges. La veille, elle avait fait du sucre à la crème, qu'elle avait enveloppé dans du papier de soie et posé au fond de ma grosse malle entre les chemises et les chandails. On avait chanté aussi la veille, mais je n'avais pas le goût.

En tremblant, je montai dans le train par l'escalier de fer. On m'installa à un banc de peluche verte. Fidor se tenait au loin avec sa casquette de gavroche sur les cheveux de foin mûr. Il me faisait des gestes, des bonjours, des brassées de bonjours, comme s'il envoyait par la fenêtre tous nos souvenirs, toute notre enfance.

— Regarde bien autour, avait dit l'aîné en s'en venant dans la voiture.

— Pourquoi ?

— Dis-lui, avait commandé papa en souriant.

Puis l'aîné avait continué :

— Quand tu reviendras en vacances, peut-être que ce ne sera pas ici. La famille déménage à son tour.

— Où allez-vous ?

Il regarda papa qui était grave, et il dit avec soif :

— Dans le Nord !

Les mots de la chanson du Barbu vinrent un par un

s'installer définitivement dans mon cerveau. Barbu avait été le plus fort.

J'ai deux montagnes à traverser,
une ville à faire avant la nuit...

Les yeux tant aimés de mes frères et sœurs versaient des larmes. Lédéenne surtout, en me remettant une orange tiède.

— Fidor et moi, nous parlerons de toi, avait-elle promis.

Ce fut le dernier mot que j'entendis. Maman me serrait la main encore, et, petit à petit, je sentais le câble qui s'effrangeait, se cassait avec un bruit sec. Le train décolla et se mit à courir. La dernière image que j'emportai fut celle de Fidor qui, la casquette tournée, de grosses larmes sur les joues, les mains sur d'imaginaires clefs, voulait me faire croire jusqu'à la fin que c'était lui qui m'emportait là-bas.

Lorsque le train tourna dans la courbe du Fer-à-Cheval à Ludger, j'ai voulu me jeter en bas. C'était fini.

Adieu, mon petit traîneau, mes mitaines, mes cheveux noirs, ma voix de gavroche, la barrière, maman, les cloches de l'église, la beurrée de pain chaud au retour de l'école, le morceau de sucre du pays ! Mon enfance était morte comme le loup du frère Adjutor.

Je sortais de ma chère vallée, comme les billots qui sortent par la Saint-Maurice et vont en ville se faire changer en papier. Le front à la banquette, le poing serré sur mon petit chapelet dans le fond de ma poche, je me répétais en pleurant : « Je serai un homme, je serai un homme ! »

Et je m'endormis. L'orange avait roulé par terre et discrètement s'était sauvée.

À mon réveil, la montagne était traversée, une vallée inconnue m'apparaissait au loin...

Maison des Compagnons,
Montréal, 1945.

Du même auteur

Adagio, contes. Montréal, Fides, 1943, 204 p.

Allegro, fables. Montréal, Fides, 1944, 195 p.

Andante, poèmes. Montréal, Fides, 1944, 158 p.

Pieds nus dans l'aube, roman. Montréal, Fides, 1946, 242 p.

Dialogues d'hommes et de bêtes, théâtre. Montréal, São Paulo, Paris, South Bend, Fides, 1949, 217 p.

Théâtre de village. Montréal et Paris, Fides, coll. «Rêve et Vie», 1951, 190 p.

Le hamac dans les voiles. Contes extraits d'*Adagio*, *Allegro* et *Andante*. Montréal et Paris, Fides, 1952, 141 p.

Moi, mes souliers... Journal d'un lièvre à deux pattes. Préface de Jean Giono. Paris, Amiot-Dumont, 1955, 226 p.

Le fou de l'île, roman. Paris, Denoël, 1958, 222 p.

Le p'tit bonheur suivi de *Sonnez les matines*, théâtre. Montréal, Beauchemin, 1959, 153 p.

Le calepin d'un flâneur, maximes. Montréal et Paris, Fides, 1961, 170 p.

L'auberge des morts subites, comédie en deux actes. Montréal, Librairie Beauchemin, coll. «Théâtre de Félix Leclerc», n° 3, 1964, 203 p.

Chansons pour tes yeux, poésie. Paris, Robert Laffont, 1968, 120 p.

Cent chansons, poésie. Montréal, Fides, coll. «Bibliothèque canadienne-française», 1970, 255 p.

Carcajou ou le Diable des bois, roman. Paris, Robert Laffont et Montréal, Éditions du Jour, coll. «Les Romanciers du Jour», 1973, 264 p.

L'ancêtre, poème. Illustrations de René Derouin. Châteauguay, Éditions Michel Nantel, 1974, 16 p.

Qui est le père ?, théâtre. Présentation de Jean Royer. Montréal, Leméac, 1977, 128 p.

Le petit livre bleu de Félix ou le Nouveau calepin du même flâneur, maximes. Montréal, Nouvelles Éditions de l'Arc, 1978, 302 p.

Le tour de l'île, Illustrations de Gilles Tibo. Montréal, La courte échelle, 1980, [n.p.].

Le choix de Félix dans l'œuvre de Félix Leclerc, Notre-Dame-des-Laurentides, Presses Laurentiennes, coll. «Le choix de…», 1983, 79 p.

Rêves à vendre ou Troisième calepin du même flaneur, Montréal, Nouvelles Éditions de l'Arc, 1984, 250 p.

Dernier calepin, maximes. Montréal, Nouvelles Éditions de l'Arc, 1988, 196 p.

Disponibles dans BQ :

   Adagio
   Allegro
   Andante
   Le calepin d'un flâneur
   Carcajou ou le diable des bois
   Cent chansons
   Dialogues d'hommes et de bêtes
   Le fou de l'île
   Le hamac dans les voiles
   Moi, mes souliers
   Pieds nus dans l'aube
   Le p'tit bonheur
   Sonnez les matines

Les auteurs publiés dans la collection

ALEXIS, André

APRIL, Jean-Pierre

AQUIN, Hubert

ASSINIWI, Bernard

AUBERT DE GASPÉ, Philippe

AUBERT DE GASPÉ, Philippe (fils)

AUDET, Noël

BARCELO, François

BEAUCHEMIN, Yves

BEAUGRAND, Honoré

BESSETTE, Arsène

BLAIS, Marie-Claire

BLAIS, Martin

BOSCO, Monique

BRÉBEUF, Jean de

BROSSARD, Jacques

BROSSARD, Nicole

BRULOTTE, Gaëtan

BUIES, Arthur

CARPENTIER, André

CHABOT, Denys

CHAPUT, Marcel

CHARBONNEAU, Robert

CHOQUETTE, Adrienne

CHOQUETTE, Robert

COHEN, Matt

CONAN, Laure

CRÉMAZIE, Octave

CUSSON, Maurice

DELISLE, Jeanne-Mance

DELISLE, Michael

DESJARDINS, Louise

DESJARDINS, Martine

DESROCHERS, Alfred

DESROSIERS, Léo-Paul

DESRUISSEAUX, Pierre

DESSAULLES, Henriette

DOR, Georges

DUBÉ, Marcel

DUMONT, Fernand

ÉLIE, Robert

FAUCHER DE
   SAINT-MAURICE

FERGUSON, Trevor

FERRON, Jacques

FERRON, Madeleine

FINDLEY, Timothy

FOLCH-RIBAS, Jacques

FOURNIER, Jules

FRÉCHETTE, Louis

FRÉGAUT, Guy

GAGNON, Daniel

GARNEAU, François-Xavier

GARNEAU, Hector
   de Saint-Denys

GARNEAU, Jacques

GAUTHIER, Louis

GÉRIN-LAJOIE, Antoine

GIRARD, Rodolphe

GIROUX, André

GODIN, Jean Cléo

12.95

Marquis imprimeur inc.

Québec, Canada
2008